付喪神、子どもを拾う。

真鳥カノ Kano Matori

アルファポリス文庫

JN090195

https://www.alphapolis.co.jp/

目次

第一章　たからばこのおかゆ

とろっとしたご飯から、まっしろなけむりがもくもくと上がっていた。

そしたらけむりの上から、金色のとろとろが降《ふ》ってきた。

中には、赤や緑や黄色の小さなかけらがいっぱい入って、一つ一つがキラキラ光っている。

まるで大冒険したあとに見つける、たくさんの宝石がいっぱいに詰め込まれたピカピカのたからばこだ……！

「これ……たからばこ？」

そう言ったら、ちょっと恥ずかしそうに男の人が笑うのが見えた。

けむりもなんだか美味《おい》しそうな香り。

温かくて、あまくて……お腹がきゅうっとちぢんだり、広がったりしたんだ。

❖

「このたびは、お世話になりました」

頭を上げると、少年の顔が視界に入る。少年は笑っていた。

よかった。それを見た男は、心からそう感じていた。

少年の両親もとても満足そうだ。母親のほうは、目尻《めじり》にうっすらと光るものがある。

彼らが立つのは3ＬＤＫのマンションの一室。フローリングの床や、白い壁紙のあちこちに楽しい今日の出来事の名残《なごり》がある。

そんな部屋で、少年とその両親、流しの料理人である男が一人、互いに向かい合っていた。

先ほどまでは少年の友人たちもいて、大騒《おおさわ》ぎだったのだ。なんの騒ぎか……それは壁にかかった垂《た》れ幕《まく》に書かれている。

『しょうまくん　お誕生日おめでとう』

『しょうま』というのは、少年の名だ。昌磨《しょうま》は、頬《ほほ》にほんの少し赤い爛《ただ》れのある顔をめいっぱいくしゃくしゃにして笑った。

「ありがとう！　すっごい美味《おい》しかった！」

昌磨のその言葉を耳にして、両親は感情が溢れだしそうになっている。

「本当に助かりました。なんとお礼を言っていいか……」

「ええ、この子からこんな……『美味《おい》しい』なんて言葉が聞けて、本当にもう……！」

少年の両親から口々に賞賛《しょうさん》されて、男はなんだかくすぐったい。人あしらいが得意ではないので、なんと言っていいかわからず、代わりにもう一度頭を下げる。

「とんでもない。そのお言葉が聞けただけで、充分《じゅうぶん》です」

「おかげさまで、これまでで最高の誕生日にしてやれました。満足のいく食事など、できないと諦《あきら》めていました。それなのに……」

男の言葉に少年の母親が涙ながらに答える。

「そんな諦《あきら》めるなんて……これからも、何度でもお声がけください。いつでも、参ります」

男が言うと、母親は再度ハンカチを濡《ぬ》らす。そんな様子に気付いているのかいないのか、少年は男の手を取った。男を見上げる瞳《ひとみ》が、キラキラ輝いていて宝石のようだ。

「ねえ、また来てくれるの？　ほんとに？」

「ああ、もちろん」

「おれ、今度は……別のものも食べてみたい」

「ああ、なんだって作るとも。何が食べたいか、ちゃんと考えておいてくれよ」

「うん！」

男は、少年と指切りをした。千切《ちぎ》れんばかりの力で約束を交わす。これだけの元気があるなら、またの機会はすぐにやってきそうだ。男はそう安堵《あんど》する。

（子どもは、こうでなくちゃ）

昌磨は、生まれたときから複数のアレルギーを併発《へいはつ》していた。

おかげで、赤ん坊の頃から厳しい食事制限をしなければならなかった。食材、調味料、添加物《てんかぶつ》の有無《うむ》……それらに十二分に注意を払った上で、漢方薬の服用、鍼灸治療《しんきゅうちりょう》なども行っていた。それでも、症状はなかなか改善されない。

少年はいつしか、黙々《もくもく》と『食べられる』メニューを流し込むだけになってしまっていた。

そんな様子を心配した両親は、プロフェッショナルの力を借りることにしたのだ。

昌磨がお腹いっぱい、好きなものを食べられるパーティーメニュー。それが、この家族からの依頼だった。

「これ、今日作った料理のレシピです。よければ作ってあげてください」

ほんの少しのサービスをして、男はマンションをあとにした。

店を持たず、勤《つと》め先《さき》も持たず、客先に出向き、求めに応じて食事を提供する流しの料理人。

それがこの男――剣《けん》の稼業《かぎょう》だった。

特定の店がないから客の集まりは悪い。だが腕は確かなので、依頼を受ければ客がつく。だから剣は様々な店からの誘《さそ》いをすべて断り、一匹狼《いっぴきおおかみ》の道を進んでいた。

後《うし》ろ盾《だて》のない剣を訝《いぶか》る客もいたが、その料理を一口、口にするとたちまち彼を見る目が変わる。気に入って、度々呼んでくれる客もいた。

手を抜いた席など一つもない。どの席でも、客が何を望むのか、真剣に向き合い、答えを出してきた。

自分は料理人だ。料理で応えるほかない。何より、自分にはそれしかできない。

男はそんな風に思っていた。

何故《なぜ》ならば、剣は料理人の魂《たましい》から生まれたのだから。

ふわりと、剣の鼻先を白い小さな塊《かたまり》がかすめる。いつの間にか、雪が降《ふ》り始めていた。

剣は身震《みぶる》いしながら、コートの襟《えり》をきゅっと引き寄せ、ふと先ほどの少年の笑顔を思い浮かべる。真っすぐで、輝いていて、そして逞《たくま》しかった。未来に希望を抱いている瞳《ひとみ》だった。

「やっぱり子どもは、悲しい思いをしちゃいけない。美味《おい》しいものを食べて、美味《おい》しい顔をしなくちゃな」

そう呟《つぶや》きながら、剣は思い出す。あの家にも、子どもの声が響《ひび》いていた。楽しそうな声、悲しそうな声、怒った声、泣き叫ぶ声……人は赤ん坊から大人になるまでに、様々な感情を経験する。剣はそれらの声を、よく耳にしていた。

主《あるじ》が自分を手入れしながら子どもを叱り飛ばす声を、心地よく思っていたものだ。何故《なぜ》ならどんなに喧嘩《けんか》をしても、自分を使ってできた料理を食べた家族は、皆、笑っていたからだ。

剣は、料理人が大切に使っていた包丁《ほうちょう》から生まれた、付喪神《つくもがみ》——あやかしとして生を受けた。だから彼は、料理を作る。ただそれだけしか知らないのだ。

❖

『剣』という名は、生みの親たる主《あるじ》がつけたものだ。

「包丁《ほうちょう》から生まれたということは……」

顕現《けんげん》した剣を見たその人……主《あるじ》は、眉間《みけん》にしわを寄せてうんうん唸《うな》りだす。

そして、包丁《ほうちょう》↓　刃物↓　刀↓　剣

という連想クイズのノリで、男の名は『剣』に決まった。あっという間に決まったので、剣に拒否権はなかった。人間に混ざって暮らしても違和感《いわかん》のない名に決まったから文句はないのだが……時々もやもやする。意思を持ってともに暮らすようになってわかったことだが、主《あるじ》は温厚でちょっとズレていたようだ。

主《あるじ》の前にも、剣の本体である包丁《ほうちょう》の持ち主は二人いた。持ち主たる料理人たちは、古くは江戸時代から続く料理人一族だ。直近の主《あるじ》の祖父である料理人が剣を使い始め、代々その子らに引き継がれてきた。剣は持ち主であった三人だけでなく、その先祖の心意気まで受け継いでいると、思っている。

もちろん、剣を顕現《けんげん》させた主《あるじ》の心意気と腕は、最も色濃く受け継いでいる。生粋《きっすい》の料理人である主《あるじ》が選んだ夫もまた、腕のいい料理人だった。そして、その二人の間に生まれた一人娘も、料理人を志《こころざ》した。

娘は今、ひとかどの料理人として歩んでいるが、剣のことは受け継がなかった。剣ではなく、父親の包丁《ほうちょう》を受け継いだからだ。

娘には何度も詫《わ》びられたし、剣自身も残念に思ったが、今はこれでよかったと思っている。こうして制約なく、自由に客のもとへ行くことができるのだから。

とはいえ、特定の店を構えていない、しかも宣伝や広告を出しているわけでもない、一料理人が毎日毎日仕事にありつけるはずもない。今日は久々の依頼だった。個人的な知り合いの紹介によって成立した仕事だったのだ。

先ほどの家族はごくごく一般的なサラリーマン家庭。受け取った謝礼《しゃれい》は、決して高額ではない。経費と知り合いへの紹介料を引くと、少し心もとないと言える。

（まあ、今日明日ぐらいはちょいと美味《うま》いものを食べたって罰《ばち》は当たらんだろう）

研究という名の食べ歩きは、料理人たる剣のライフワークだ。金があるときは誰に憚《はばか》ることなく、美食の限りを尽くすと決めている。

何を食べようか……常連客の社長に頼んでおすすめの料亭《りょうてい》に連れていってもらおうか、馴《な》染《じ》みの小料理屋で定番から新作まで食べ尽くすか。居酒屋飯の食べ歩きもいい。ホテルのレストランのビュッフェも捨てがたい。各地のグルメフェスを点々とするのも……いや、そもそも今日は近所のパン屋が月に一度の限定メニューを出す日だ。それも見逃せない。

行きたい場所を次々思い描きながら、剣は家までの道のりを歩いた。自宅が見えると、そのそわそわした思いは一層増す。

「まだ時間はある。買い物がてらゆっくり考えるか」

ひとまず仕事道具を置いてからにしよう。そう自分を落ち着けて、剣は足早に自宅へと歩みを進める。そこで、剣は気付いた。

視界の端……剣の家の門前に、人間の子どもがいることに。

その子どもは、ヨレヨレの服に身を包み、見るからに汚れている。何より剣の目を引いたのは、その子どもが――まるでマッチ棒のように、ガリガリに痩《や》せ細《ほそ》っていたことだった。

か細い四肢《しし》を力なく投げ出し、うつ伏せに倒れるその子どもから、剣は目が離せなかった。

❖

いつから倒れていたのか、子どもの体はすっかり冷え切っている。だが、脈はある。

剣は考えるより先に抱《だ》き抱《かか》え、玄関をくぐって自分の部屋に運んだ。

干さずに畳《たた》んだままの布団を敷《し》き、子どもをそこに寝かせると、台所に向かった。蒸しタオルを作るためだ。

まずは顔の汚れを拭《ふ》いてやろう。汚れを拭《ふ》く以外にも、脇《わき》の下などに置いて、温めてやらねばならないから、タオルがたくさん必要だ。目につくタオルを片《かた》っ端《ぱし》から水に濡《ぬ》らし、電子レンジに放り込んでいった。

タオルを持って、子どもが寝ている部屋に戻る。布団をかけたためか、心なしか顔色がよくなった気がする。だが触れると、まだ外の空気と変わらないほどひんやりしていた。

寒くないように、少しずつ布団をめくり、温めたタオルを体にあてる。そして、手元に残ったタオルで顔を拭《ふ》いていく。

顔は汚れて、黒くなってしまっていた。髪はボサボサであちこちにシラミが見える。

泥《どろ》に汗に……おそらく垢《あか》。長いこと風呂に入っていないのではないかと思われる独特の臭いがした。濡《ぬ》れたタオルで拭《ぬぐ》ったくらいでは、きれいに落ちない。さらに別のタオルで手を拭《ふ》いた。こちらも同じだ。泥《どろ》に汗に垢《あか》まみれで、おまけに爪は伸び放題。次に腕をよく見てみると、おそらく痒《かゆ》かったのだろう。伸びた爪で掻《か》いたからか、いくつも傷がある。あとで手当てもしてやらねばならない。

足はさらにひどかった。この寒さの中で靴《くつ》どころか靴下《くつした》も履《は》いていなかったのだ。どこから来たのかはわからないが、この子どもは冷たい地面を裸足《はだし》で歩いて来たらしい。おそらく短い距離ではないだろうことは、足の傷つき加減で察《さっ》せられた。

剣はどうやって手当てをしようか考えながら、少しでも汚れを拭《ふ》きとってやろうとする。そこでふと思い至った。着替えもいる。今身につけているのは、おそらく大人用のTシャツであろう。薄手のもので、こんな真冬に適《てき》した格好《かっこう》ではない。

剣はひとまずタンスを開けて、子どもでも着られそうなものを探す。探しながら、剣はふと、ずっと前のこと……剣がこの世に顕現《けんげん》したときのことを思い出していた。いきなり現れた自分に、主《あるじ》は名前を与えて、一緒に暮らすなら普段着も必要だと、タンスや物置をあれこれひっくり返して用意してくれたものだ。

まさか自分が、見ず知らずの子どもに同じことをするとは……ふと可笑《おか》しくなって、小さく笑うと、その声と重なるように別の声が聞こえた。

「う……ん」

首元まで布団をかけていた痩《や》せっぽちの子どもが、小さく目を開いたのだ。

「起きたか」

声をかけたが、子どもはしばらく動かない。怯《おび》えているのだろうか。

起きて早々、知らない場所で知らない大人が横にいるのだから致《いた》し方《かた》ない。剣は枕元《まくらもと》まで行って、まだぼんやりしている子どもの顔を覗《のぞ》き込《こ》む。

子どもが半分しか開かない目で、じっと剣の顔を見上げている。剣はその瞳《ひとみ》に、思わず見入ってしまった。

子どもの瞳《ひとみ》は、空のように澄《す》み渡《わた》っていて、それでいて夜のように深い黒に染まっていた。

❖

水を差し出すと、子どもはゆっくりと飲んだ。一気に飲み干す力が残っていないようだ。

ぷはっと小さい声を出し飲み終えると、カラカラに乾《かわ》いていた唇《くちびる》にわずかに潤《うるお》いが戻っている。

「もう一杯いるか？」

剣が尋《たず》ねると、子どもはふるふると首を横に振る。そしてそのまま、俯《うつむ》いて黙《だま》り込《こ》んでしまった。チラチラと剣のほうを見るくらいで、口を開こうとしない。

（参ったな……）

いきなり知らない場所で知らない男に看病《かんびょう》されていたのだから驚《おどろ》きもするだろうが……剣のほうも正直この状況に戸惑《とまど》っていた。こんな状態の子どもの心を開く方法など持ち合わせていない。どうしたものかと考えあぐねていたら、子どもがカタカタ震《ふる》え出《だ》した。

「そうだ。いいもの作ってやろう」

そう言って剣が立ち上がろうとすると、今度は子どもがなんだか悲しそうな顔をする。そして遠慮《えんりょ》がちに手をもじもじと動かしている。こちらに伸ばそうかどうしようか、迷っているのだと、なんとなくわかった。

「一緒に、いたほうがいいか？」

剣が尋《たず》ねると、子どもは小さく頷《うなず》く。

（寂《さみ》しかったのか）

剣は胸が締めつけられるような気持ちと、頼られて心が温かくなるような気持ちを、同時に感じた。しかし、つい今しがた出会ったばかりの見知らぬ他人をそこまで信じてしまって、この子は大丈夫なのかと不安にもなった。とはいえ、危害を加える気はまったくない。一緒にいたいと言うならそうしたほうがいいのだろう。

剣は、ひとまず部屋の壁にかけておいた半纏《はんてん》を子どもにかけてやった。

「寒いから、これを着てな」

子どもが半纏《はんてん》に袖《そで》を通したところを見て、剣はその脇《わき》に自分の手を入れる。

「よっ……と」

ぐいっと一気に力を入れて抱き上げた。以前、お客さんに赤ん坊を抱っこさせてもらったときと同じ要領だ。難しくはない。

だが、抱き上げて剣は驚《おどろ》いた。先ほどは慌てていたために気付かなかったが、抱き上げた子どもの体は、あまりにも軽すぎた。思わず声が出そうになったのをなんとか抑える。

❖

剣が住んでいる家は、一人暮らしには少し大きい一軒家だ。主《あるじ》の家に、そのまま住まわせてもらっている。二階建てで部屋数もそこそこあるのだが、一人では使い切れなくて、二階は手つかずになっている。居住空間はほぼ一階のみで、それも台所、居間、自室の三か所くらいの、非常に狭い範囲しか行き来しない。

そのため、自室は台所に一番近い部屋を使っている。

台所につくと、手近な椅子《いす》に子どもを座らせて、剣は食器棚から湯呑《ゆのみ》を二つ取り出した。保温ポットからお湯を注ぐと、今度は戸棚から白い粉を取り出す。湯呑《ゆのみ》が温まったのを確認し、中のお湯をボウルに入れ、先ほど取り出した白い粉を湯呑《ゆのみ》に入れる。そして、ボウルに出したお湯をもう一度湯呑《ゆのみ》に入れて、掻《か》き混《ま》ぜた。

子どもは、その様子をきょとんとした表情で見つめている。剣は、ニッと口の端を持ち上げて、また湯呑《ゆのみ》に熱湯を注ぐ。そして、子どもにも見える位置でぐるぐる掻《か》き混《ま》ぜた。すると、乳白色《にゅうはくしょく》だった湯呑《ゆのみ》の中がどんどん透明に変わり、さらさらのお湯がとろみを帯《お》びてきた。

「！」

子どもが驚《おどろ》いた表情をする。目をぱちくりさせて、湯呑《ゆのみ》の中の様子を見守っていた。

剣は最後に砂糖《さとう》を入れて混ぜ、子どもの前にそっと置いた。

「さ、できたぞ。葛湯《くずゆ》だ」

「……く……ずゆ……？」

子どもが絞《しぼ》り出《だ》した声は、驚《おどろ》くほど掠《かす》れていた。

「ああ。寒いときは、これがすごく温まるんだ。飲んでみな」

そう言って、まず剣は自分が湯呑《ゆのみ》に口をつける。ずずずっと音を立てて、葛湯《くずゆ》を飲んだ。

「ぷは～」

剣が湯呑《ゆのみ》の中身を飲み干して一息《ひといき》つくと、子どもも笑って湯呑《ゆのみ》に口をつけた。

「……ひぁっ」

子どもが悲鳴《ひめい》に似た声を上げる。湯呑《ゆのみ》から手を放し、何か恐ろしいものでも見るような目で湯呑《ゆのみ》をじっと見つめている。

「すまん！　熱かったな。こう……ふーふーって、冷まして飲むんだ」

「ふー……？」

剣がやってみせたとおりに、子どもは少し冷ましてからもう一度口をつけた。

「～っ！」

すると、今度は瞼《まぶた》をめいっぱい広げて剣を見る。ほっぺたに手を置いて、目だけで何かを訴えている。剣には、言いたいことがなんとなくわかった。

「甘いだろ」

「あま……い？」

仕上げに入れた砂糖《さとう》の甘さは、子どもが喜ぶこと間違いなしだ。

葛湯《くずゆ》は凍えた身体を温められるし、砂糖《さとう》をたくさん入れれば子どもが好きそうな甘い飲みものに早変わりする。剣はこの状況にぴったりの選択だと思った。

だが、目の前の子どもは、不思議そうな顔で湯呑《ゆのみ》の中をじっと見つめている。

「どうした？　甘いのは嫌いか？」

剣がそう尋《たず》ねるも、まだ子どもは首を傾《かし》げている。

（味がわからなかったのだろうか？　それにしては、さっきは美味《おい》しそうに口に含んでいた。ではいったい、どうしたのだろう）

剣が考えていると、子どもはおずおずと言葉を口にした。

「これ……『あまい』？」

味をなんと表現するかわからなかったのか、と剣は合点がいく。

「そうだ……ほら、饅頭《まんじゅう》なんかと同じ感じがしないか？　ケーキのほうがわかるか？」

「ケー……キ？」

子どもの様子に剣は唖然《あぜん》とした。

（この子は自分の足で歩いてここまで来た。言葉もわかるようだし、詳しい年齢はわからないが、おそらく四歳か五歳くらいだろう。それなのに、甘いものの一つも食べたことがないとは……）

剣はそんな風に考えながらも、このみすぼらしい出《い》で立《た》ちを思えば、頷《うなず》けることかもしれないと思った。

どうしてこんなに瘦《や》せっぽちなのか、どうして甘いものも知らないのか。疑問はたくさんあるが、ひとまず今はそれらは脇《わき》に退けておこう。剣はそう思い、驚《おどろ》いた表情を引っ込める。

「そっちの葛湯《くずゆ》には、俺のよりずっとたくさんの砂糖《さとう》を入れたからとても甘いはずだ。その味が、『甘い』だ」

「『あまい』……さとう？」

「そう、砂糖《さとう》。どんなものも甘くしてしまう魔法の調味料だ」

「まほう⁉　……ちょうみ……⁉」

「あ、いや、すまん。一度には無理だな。この最後に入れた白い粒々《つぶつぶ》が砂糖《さとう》だ。舐《な》めてみな」

剣は砂糖壺《さとうつぼ》を引き寄せて一つまみ取り出し、子どもの手にのせてやる。

子どもはそれをじっと見つめて、ぺろっと口に入れた。

「！」

「な？　こいつと同じで、『甘い』だろう？」

剣がそう言うと、子どもはびっくりするほどの勢いで首をぶんぶん縦に振る。

「あまい……あまい！」

「そうか。『甘い』は好きか？」

子どもは、またしても首を傾《かし》げてしまった。

「あ～つまり……もっと飲むか？」

「！」

子どもは目をキラキラ輝かせて、湯呑《ゆのみ》の中身を一気に飲み干して、空の湯呑《ゆのみ》を剣によこす。

「わかったわかった。じゃあそれを飲んでる間に、今度は何か食べるものを作ろうな」

剣はもう一度同じ手順で葛湯《くずゆ》を作ってやりながら、あれこれ思案していた。

甘くて、胃に優しくて、食べやすい、見た目も食欲をそそるもの……

子どもが顔を綻《ほころ》ばせて葛湯《くずゆ》を飲む姿を横目に、剣は冷蔵庫の中身と今日の献立《こんだて》を相談し始めるのだった。

❖

剣は視線を感じていた。自分の手元を穴が開くほど見つめる小さな目が二つ。

さっきまで音を立てて葛湯《くずゆ》を必死に飲んでいたが、もう飲み干したらしい。

剣は少し困ってしまう。葛湯《くずゆ》は熱々だったから飲み干すまでもう少し時間が稼《かせ》げると思っていたのだ。土鍋《どなべ》に米を少し入れ、たっぷりの水と昆布《こんぶ》を入れて火にかける。

煮立つまでの間に、ニンジンとネギを刻んでいると、子どもの視線を感じるようになった。まな板がトントンと鳴る音が気になったらしい。

「……見るか？」

「！」

剣がちょいちょいと手招きして呼ぶと、子どもは調理台の近くまでおずおずと寄ってくる。少し背伸びをして、かろうじて目が調理台より上にくるくらいだ。調理台に置いた手にほっぺたがちょこんとのっている様《さま》に、剣は少し笑いそうになりながらも、包丁《ほうちょう》を動かし続ける。

ニンジンを短冊切《たんざくぎ》りからさらに細かく刻み、まな板の端に寄せていく。橙色《だいだいいろ》の山がどんどん大きくなる様子を、子どもは目を見開いて見ていた。土鍋《どなべ》の隣で火にかけていたもう一つの鍋《なべ》に、醤油《しょうゆ》やみりん、砂糖《さとう》を入れると、子どもは何かに気付いたようだった。

「さとう？」

「そう、砂糖《さとう》だ」

「あまい？」

「甘いと思うぞ」

その言葉を聞くと同時に、子どもの頬《ほほ》が少し赤くなる。喜んでいるようだ。剣は内心で

『よしよし』と思いながら、砂糖《さとう》に続いてさっき切った野菜を入れる。

「ここからちょっと待つ」

剣がそう言うと、子どもは小さく頷《うなず》いた。

さっきからやけに従順《じゅうじゅん》だ。おそらく、葛湯《くずゆ》の時点で大分と心を……いや胃袋《いぶくろ》を掴《つか》んでしまったらしい。剣にしてみれば、葛湯《くずゆ》だけで掴《つか》んでしまったというのは少し張り合いがない。本当に胃袋を掴《つか》むのは、この料理を食べてもらってからだ。そう思っていた。

鍋《なべ》が両方ともぐつぐつ音を立てると、子どもは目をぱちくりさせて、覗《のぞ》き込《こ》もうとする。

剣は作っておいた白い液体を鍋《なべ》に注ぎ入れた。

「それ……」

子どもは先ほどの葛湯《くずゆ》に使った葛粉《くずこ》をちらっと見る。

「これはちょっと違う。水溶き片栗粉だ」

「……?」

「まぁ見てな」

流し込んだ水溶き片栗粉を軽く混ぜ合わせ、そこに今度は溶き卵を流し込む。すると、黄色い卵がふわっと鍋《なべ》の中に広がり、先に煮ていたネギやニンジンを優しく包み込んでいった。

そして、折よく土鍋《どなべ》のほうもいい具合に仕上がったようだ。

「できたぞ。そっちに座りな」

子どもが先ほど座っていた場所にきちんと座るのを見届けて、剣は土鍋《どなべ》をテーブルまで運ぶ。

そして、わくわくしているような、緊張しているような面持《おもも》ちの子どもの目の前で、蓋《ふた》を取る。中から現れたのは、とろっと煮立てた真っ白な白粥《しろがゆ》だった。

雪原のような米から、吹雪のような湯気《ゆげ》が勢いよく飛び出して、子どもの鼻先をかすめて消える。しかし、この真っ白な湯気《ゆげ》は吹雪とは違い、とても温かい。湯気《ゆげ》が落ち着くと、剣は深皿に白粥《しろがゆ》を掬《すく》い取《と》る。

作ったのは八分粥《はちぶがゆ》。口に含めば、たちまち呑《の》み込《こ》めてしまうほど柔《やわ》らかく仕上がっている。

そして、その上に流しかけるのは、小さく刻んだ野菜が入ったとろとろの餡《あん》だ。緑、黄色、赤……鮮やかな野菜と卵が絡み合った餡《あん》は、まるで草木や花を閉じ込めた琥珀《こはく》のようだ。

「さあできた。卵と野菜の餡《あん》かけ粥《がゆ》だ」

剣がそう言うと、子どもは目玉が落っこちてしまうのではないかと心配になるぐらい、料理を一心に見つめている。口もあんぐり開けている。

柔《やわ》らかい白粥《しろがゆ》に、醤油《しょうゆ》とみりんと砂糖《さとう》で甘く味付けした餡《あん》。その優しい香りは、子どもの鼻孔《びこう》を刺激してやまないようだった。見た目も美しく、単なる白粥《しろがゆ》よりは食欲をそそるだろう。そう考えていた剣を、子どもはキラキラ光る瞳《ひとみ》で見つめて、言う。

「これ……たからばこ?」

「さ、さぁ……そこまでは、どうかな?」

剣は言葉を濁《にご》したが、子どもはそうに違いないという目で皿を見つめる。

そして剣が目の前にれんげを置くと、子どもは待ちきれないというように白粥《しろがゆ》を頬張《ほおば》った。

「‼」

子どもはさっき初めて葛湯《くずゆ》を飲んだときと同じ反応をする。熱かったのだ……

はふはふっと、口の中に冷気を取り込もうと必死になりながらも、口の中のものを決して出そうとはしない。

「熱いだろ。ふーふーってしながら食べるんだよ」

子どもの口の中を案じつつ、剣は安堵《あんど》していた。

(よかった、また一つ、役目を果たせた)

剣は包丁《ほうちょう》の付喪神《つくもがみ》。数々の料理人の技術と知識、そして魂《たましい》が顕現《けんげん》した存在である。

そんな剣にできることは、料理を作ること。ただそれだけなのだ。

「ご飯粒、ついてる。逃げないから、落ち着いてゆっくり食べな」

小さな頬《ほほ》をそっと拭《ぬぐ》いながら、剣はそんなことを思うのだった。

第二章　まっしろうどん

もくもくのぼるけむり……じゃなくて『ゆげ』のむこうは、同じくらいまっしろだった。

まっしろな中にときどき黄色と緑、そしてまたしろい……タコみたいなものがふんわり浮かんでる。まるでどこまでもどこまでも続く雪の野原みたい。

だけど雪とはちょっとちがう。

これは、ちょっぴりあまい匂いがする。

それに、どこを食べてもあったかくて、ぽかぽかするんだ。

❖

「よしちびっ子、風呂に入るぞ」

「ふろ？」

お粥《かゆ》を食べて少し血色が戻った子どもを、今度は洗ってやらねば。剣はそう思い、食後に一息《ひといき》ついている間に湯を溜めておいたのだ。風呂という単語にピンときていない子どもを引きつれ、剣は風呂場へ向かう。だが剣はこのとき、重大なことを見落としていた。

手早く自分の準備を済ませ、子どもの準備を手伝う。改めて見ても、驚《おどろ》くほど小さく細い。見た目では幼稚園児ぐらいに見えるが、実際はもう少し年齢は上かもしれない。

この子どもは思いのほか受け答えがしっかりしているので、尋《たず》ねれば自分についてもう少し話してくれるかもしれない。それには裸の付き合いがもってこい——そんな風に思って、剣は大胆に子どもの服を取っ払ったのだが……

「!!」

「?」

固まる剣を、子どもは瞬きしながら見つめる。

「……おまえ……女の子、か……?」

「……?」

子どもは、まだきょとんとしていた。かたや剣は、頭の中を整理する。てっきり男の子かと思っていたが、現実を目の当たりにしてしまっては気にしないわけにはいかない。

(風呂に入れるのは俺でいいのか？　洗ってやってもいいのか？　いや違う。それ以前に、連れて帰ってきてよかったのか？)

「……っくしゅん！」

剣が脳内で様々なことを巡らせていると、くしゃみの声がそれらを打ち消した。子どもも自分も裸のままだ。ここにいたら風邪を引いてしまう。

（——ええい、ままよ！）

剣は子どものためと自分に言い聞かせて、子ども——改め少女を風呂場へと促《うなが》す。

洗い場でお湯をかけてやり、もう掻《か》かなくても済むように、まず体を洗ってやることにした。だが少女の背中にはりついた垢《あか》はなかなか落ちない。

途中で一度湯船につからせると、湯は驚《おどろ》くべき色に変色した。剣は丹念《たんねん》に、ゆっくり背中と頭をごしごし洗う。その間少女は、嫌がる素振りを一つも見せずに、むしろ心地よさそうにしていた。

「なあ、おまえ……名前は？」

「……なま、え？」

「ああ、名前だ」

尋《たず》ねる剣を、少女は不思議そうな目で見上げる。どうもこの問いに対する答えを持っていないらしい。

「名前……わからない、のか？　お父さんやお母さんからなんて呼ばれてる？」

「……？　『はい』？」

「え……」

「『ほら』？」

「……なんだ、そりゃ……」

剣は驚《おどろ》きのあまり手を止める。しかし少女はどうして剣が驚《おどろ》くのかわからず、戸惑《とまど》っているようだった。

「じ、じゃあ……お父さんとお母さんは？　一緒にいたのか？」

「……おとう、さん……？」

「お父さんは……いないのか？　じゃあお母さんは？」

「おかあさん……ない」

少女は、『お母さん』という言葉に反応し、大きく首を横に振った。

「どういう……ことだ……？」

疑問は解消するどころか深まるばかりだ。だが今は、とにかく子どもを洗うことに全力を注ぐことにする。

風呂から上がると、少女は剣が用意した大きすぎる服にくるまれて、あっという間に眠りについてしまった。きっと疲れたのだろう。静かな寝息を立てる姿を見届けて、剣はスマートフォンを手にする。このままではいけない。まだ小さいから両親の居場所や元いた場所がわからないのかもしれない。きちんと大人が探し出さなければ。

そう思い、剣はとある番号に電話をかけた。

『もしもし――』

短い呼び出し音のあと、声が聞こえる。

「もしもし、ちょっと頼みたいことがあるんだが――」

剣は電話口の人物に、そう切り出すのだった。

❖

翌日。日が高く昇っても、少女はまだ眠っていた。

剣はそのまま寝かせてやることにした。無理に起こしても自分には何もできない。

痩《や》せこけた頬《ほほ》は痛ましいが、それは食べれば治っていくはずだ。

しかしこれから先、この少女にそれができるのだろうかと剣は密かに案じていた。

(親元に帰ることで不自由なく食べられるようになるのか。いやそもそも、親元に帰してやれるのか――)

するると、剣の不安を払拭《ふっしょく》するように、能天気な声が玄関から聞こえてきた。

「ちはーっす。剣、来たぞー」

剣は少女を置いて、玄関へ向かう。

そこに立っていたのは、片手にスーパーの大袋を抱えた、剣と同年代の長身の男だ。ジーンズとダウンジャケットを身につけ、髪はセミロングまで伸びているが清潔感がある。彼こそ、剣が昨晩連絡を取った相手だ。

「すまんな、突然」

「ちょうど前の依頼も終わったところだ。代金はその自慢の腕による手料理ってことにしといてやる。あ、それと頼まれてた諸々《もろもろ》も買ってきてやったぞ」

「やっぱり、飯《それ》が目当てか。あと、買い出しありがとな。まあ、上がってくれ」

剣は男の持つ袋を受け取ると、そのまま居間に通す。客間に案内するほど畏《かしこ》まった間柄ではない。彼は居間につくなり、こたつに遠慮《えんりょ》なく足と手を突っ込み、冷えた末端《まったん》を回復させていた。

「で……伊三次《いさじ》、どうだった？　何かわかったか？」

「わかるわけないだろうが、なんの情報もないってのに」

この男の名は伊三次。普段は『菅原《すがわら》伊三次』と名乗っている私立探偵《しりつたんてい》だ。剣とは浅からぬ縁があり、困ったことがあると料理を代金代わりに、色々と手助けしてもらっている。

「ただまぁ、この近辺を探ったところ、子どもが行方不明になっている家庭はなかったな」

「そうか……じゃあご近所ではないんだな」

剣はまだ安堵《あんど》していないものの、少しだけ不安が消えた。近所にあんな不憫《ふびん》な子がいて、それを見逃していたとは思いたくない。

「！」

ふと、居間の襖《ふすま》付近《ふきん》で、誰かが息を呑《の》む気配がする。あの少女だ。

「ああ、起きたのか」

「へえ、この子が？」

剣が少女に声をかけると、伊三次が視線を向ける。

汚れは落ちたものの、男物のシャツを着ているちぐはぐな出《い》で立《た》ちを、伊三次は興味深そうに見つめる。少女は、伊三次の視線に身を硬《かた》くしたが、伊三次は構わずじろじろと全身を見回していた。一応、これは探偵《たんてい》という職業上の癖《くせ》であって、決してやましい性癖《せいへき》があるわけではない。少女が怯《おび》えているのを見かねて、剣が間に割って入る。

「はいはい、そこまでだ。知らない人間から見たら、おまえすごく怪しいぞ」

「なんだと？　現状で言えばおまえのほうが『変質者』だぞ。こんな小さい女の子を警察《けいさつ》にも届けないで勝手に家に連れ込んで……」

伊三次にそう言われ、剣は顔をしかめる。

確かにそのとおりだ。そして、それこそが、剣が伊三次を呼んだ最大の理由だった。

昨今、近所づきあいが希薄化《きはくか》し、児童誘拐《じどうゆうかい》などの事件も少なくはない。迷子を見かけたら警察《けいさつ》に届け出て、子どもを引き渡すのが普通だ。未成年者を、警察《けいさつ》や保護者の許可なく、届け出もせず、家に連れ帰るなど言語道断《ごんごどうだん》なのだ。相手は小さな女の子で、剣は大柄な成人の男の姿をしている。どこからどう見ても罪に問われてしまうだろう。

しかし、そうは言っても剣は付喪神《つくもがみ》である。身元を証明できるものなど持っていない。こういうときに警察《けいさつ》になんて話をしたらよいものか。

「で、俺に両親を捜《さが》させて親元に帰し、何事もなかったことにしたいわけだ」

「ところどころ言い方に棘《とげ》があるが……まぁそうだ」

「しかしなぁ……」

伊三次がちらりと少女に視線を向ける。

「……なんだ？」

「いや、なんでもない」

そう言うと、伊三次は口をつぐむ。剣はそれ以上問おうとはしなかった。

一方、少女は剣と伊三次を見比べている。話している様子を見て、どうも怖い人間じゃないと察してきたようだ。

「こっち来な。寒いだろう」

剣は自分の横に少女を呼び寄せ、こたつに入るよう勧《すす》める。促《うなが》されるままこたつに足を入れると、少女はまたしても驚《おどろ》いていた。

「あったかいだろ」

「『あったかい』……？」

「あ～……ぽかぽかするか？」

「『ぽかぽか』？」

どの言葉もピンと来てはいないようだが、少女はとにかく温かいその空間が気に入ったようだった。

「よしよし。じゃああったかいものを飲まないとな。ちょうど、そのおじさんがいいもの買ってきてくれたところだ」

「おい、『おにいさん』だろ」

「……おまえ、いくつだ？」

「……」

剣が問うと、伊三次はむすっとして黙《だま》り込《こ》む。

先ほど『変質者』呼ばわりされたことへの、ささやかな仕返しは成功したようだ。

❖

「ほら、ホットミルクだ。飲みな」

「！」

剣はもくもくと湯気《ゆげ》が立つ大きめのマグカップを少女の前に置いた。長らく剣が一人暮らしをしているこの家には、子ども向けの小さなサイズの食器など備えがないのだ。

「武骨《ぶこつ》だねぇ」

「うるさい」

男二人の会話など耳に入らない様子で、少女はカップの中身を見つめている。

「どうした？　嫌いか？」

「……『しろ』？」

「え、ああそうだな。白いな」

「『しろい』……ゆき？」

「いや、ミルクだ。雪よりもずっとあったかいし、栄養もあるんだ。飲んでみな」

剣の言葉に少女は頷《うなず》くと、いったん湯気《ゆげ》をふうっと吹いて、一口、口に含んだ。

「！」

熱いのかと思いきや、少女は目を輝かせている。

ごくりと、最初の一口を飲み込むと、続けてごくごくと音を立てて飲み始めた。

「美味《おい》しいだろ。砂糖《さとう》とはまた違う甘さだな」

剣がそう言うと、少女はぷはっと小さな声を上げて、マグカップを置いた。その口の周りには、サンタクロースの髭《ひげ》のように白いミルクがくっきりついている。

「ミルクついてるぞ」

剣が手近なティッシュで少女の口の周りを拭《ぬぐ》ってやっていると、向かいに座る男がにやにやと笑っている。

「俺もホットミルク飲みたーい」

「おまえは自分で作れ」

剣と伊三次がそんなやりとりをしていると、剣の隣で少女が何やらもじもじしている。マグカップを持って、何か言いたそうな表情だった。

「……もう一杯飲みたいか？」

剣がそう尋《たず》ねると、少女は小さく遠慮《えんりょ》がちに頷《うなず》く。

「おまえはそんなに遠慮《えんりょ》しなくていいんだよ……よしよし、もう一杯いれような」

「え、俺は？」

「わかったよ。ついでにいれてやる」

「よっしゃ！　ありがとうな。お嬢《じょう》ちゃんのおかげで俺もあったかいミルクが飲める」

伊三次がそう笑いかけると、少女は目を逸《そ》らしながらも、一瞬だけ口の端を上げた。

「まあ、ついでだから飯も作るか。作るとこ、見るか？」

剣が少女にそう尋《たず》ねると、少女はこくこく頷《うなず》いて、素早くこたつから脱出し、剣の側に立った。伊三次が動く気配はない。

「おじさんはほっとこう。おじさんだから元気がないんだよ」

「？」

そう言って、剣はさっさと居間をあとにする。少女は一瞬だけ伊三次を振り返り、剣のあとに迷わずついていった。

「……ちぇっ」

伊三次も仕方なさそうにこたつから足を引き抜いて、居間をあとにする。廊下に出ると、伊三次は寒さに思わずぶるっと体を震《ふる》わせた。

少女に半纏《はんてん》を着せてから台所に連れていき、適当な椅子《いす》に座らせると、剣は調理台に向かう。鍋《なべ》を二つ取り出し、一つには牛乳を、もう一つにはたっぷりの水と昆布《こんぶ》を入れて、火にかける。

❖

(牛乳が切れそうだったから、伊三次に買い出しを頼んでおいてよかった)

いきなり三杯分のホットミルクで消費するとは思っていなかったのだ。剣は残り少なくなった牛乳の他に、もう一パック冷蔵庫に入っていることを確認する。

「そういえば、そろそろ昼飯だな。いやぁ、いい時間に来た」

「だから……狙って来たんだろ?」

いつの間にか少女の隣に腰を下ろしていた伊三次に、剣は苦笑いを向ける。

冷蔵庫や戸棚からあれこれ取り出していたら、牛乳を入れた鍋《なべ》が温まってきた。沸騰《ふっとう》する前に火から下ろし、二つ分のマグカップに注ぎ入れる。

「けむり……」

「ああ、これは湯気《ゆげ》な」

「『ゆげ』？」

少女の間違いを、伊三次が横から訂正《ていせい》する。しかし、少女はまたもよくわかっていないようだ。『たからばこ』や『まほう』はわかるのに、どうしてこういった日常で使う基本的な言葉はわからないのか、剣には謎《なぞ》だった。

だが『ゆげ』が熱いことはわかったようだ。少女はふぅふぅと息を吹きかけて冷ますマネをしている。

剣はカップを手に取ろうとする少女と伊三次を制止し、ミルクの中に黄色い粉を投入した。

「きな粉か？」

「ご名答」

伊三次の言葉に、剣が頷《うなず》く。

軽く混ぜて、今度こそカップを前に置くと、少女は不思議そうな顔で覗《のぞ》き込《こ》む。さっきと違う色をしたミルクだからか、未知のものを見ているような目だ。

伊三次が追加でたくさんきな粉を入れ、がばっと大胆に飲むと、少女はその様子をじっと見つめている。様子をうかがっているらしい。

「うん、美味《うま》い」

伊三次がそう言うと、少女はカップを手にし、先ほどと同じように口をつけた。飲み終わった少女の口には、また『髭《ひげ》』がついている。

すると、それと同時に火にかけていたもう一つの鍋《なべ》から音が聞こえ始めた。

「っと、噴《ふ》いちまうな」

「この子の口は俺が拭《ふ》いとくから。鍋《なべ》のほう行ってくれや」

そう言うと、伊三次は手近なティッシュを手に取って少女の口周りを拭《ふ》いてやった。少女は伊三次を初めて見たときのように警戒する様子もなく、されるがままだ。

あの子は警戒心がなさすぎるのではなかろうか、と剣は少し心配になったが、ひとまず鍋《なべ》のほうに意識を向けることにした。

危うく沸騰《ふっとう》する寸前だった鍋《なべ》から昆布片《こんぶへん》を取り出し、調味料を量《はか》る。塩、醤油《しょうゆ》、みりんを入れ、今度は沸騰《ふっとう》するのを待つ。その間に剣は冷凍庫から、ある四角い塊《かたまり》を取り出した。火の熱が伝わらないところへその塊《かたまり》を置き、冷蔵庫から卵とネギを取り出す。

昨日の粥《かゆ》を作ったときと同じものを取り出した、と気付いた少女の目が輝きだした。だが、四角い塊《かたまり》は初めて見るものだ。どうやら昨日食べたものとは少し違うらしいと、少女はわかったようだ。

剣はお楽しみだと言わんばかりににやりと笑い、そのまま軽快にネギを刻む。刻み終わるのとほぼ同時に、鍋《なべ》の中がぐつぐつと音を立て始めた。そこへ、剣は先ほど取り出した塊《かたまり》三つを、大胆に投入する。それが何か気になる少女は、おずおずと剣のもとへ近付いていった。その正体を一刻も早く知りたいのだ。

剣は少女にも見えるように鍋《なべ》の中を掻《か》き回《まわ》す。先ほど入れた塊《かたまり》は鍋《なべ》の中で徐々に温まり、その形をゆっくり変えていった。最初は四角い形だったのに、今は細長い白いうどんとなって、鍋《なべ》一杯に広がっている。

「……タコ？」

「タ、タコ⁉」

少女の言葉に、剣は素《す》っ頓狂《とんきょう》な声を上げる。

言われてみれば、鍋《なべ》の中でうねうねと広がる様は、足を広げるタコのようかもしれない。

だが、剣はそんなこと考えたこともなかったので面喰《めんく》らってしまった。

「すごいな。そんな風に見えるのか」

思わず頭をわしゃわしゃと撫《な》で回《まわ》す剣に、少女は驚《おどろ》きの視線を向ける。

しかし、少女はすぐに微笑んだ。嬉しそうではあるが、どこか遠慮《えんりょ》がちな微笑みだった。

そんな笑い方が少し気になったものの、剣はボウルを手にする。うどんが完全に茹《ゆ》だってしまわないうちに、ボウルに少しの酒と卵を入れて手早く溶いた。溶いたら、先ほどの刻みネギといっしょに鍋《なべ》に流し入れる。

「よし、三十秒！　三十秒は絶対触らないぞ」

剣が絶対と言うと、少女は神妙《しんみょう》に頷《うなず》く。剣の気迫は伝わっているようだ。あらかじめ設定しておいた三十秒のタイマーをスタートさせ、冷蔵庫から牛乳を取り出す。

計量カップに牛乳を注いでいると、タイマーが三十秒経ったことを知らせる。タイマーを止めるより先に、剣は牛乳を鍋《なべ》に注ぎ込んだ。

「えっ⁉　それ、ミルクだろ？」

遠目で見ていた伊三次が驚《おどろ》きの声を上げる。少女は、それが意外なことだとわかっていないようで、さっきのミルクが何に変わるのか気になるようだ。

剣は伊三次には答えずに、器にうどんを移し、机に並べる。

真っ白な湯気《ゆげ》が立つ。卵とミルクが混ざりあった琥珀《こはく》のような色のつゆに、白いうどんが浮かび上がり、ところどころにネギの緑が鮮やかに彩《いろど》られている。

「さあ、できたぞ。ミルク卵うどんだ」

真っ白な湯気《ゆげ》にのって、出汁《だし》とミルクの優しい香りが漂《ただよ》ってきた。少女は、立ち上ってくるかぐわしい香りを堪能《たんのう》している。その横で、ずずずっ……と伊三次がうどんをすする。

「お、美味《うま》い」

「……そりゃよかった」

まず香りを楽しむという情緒《じょうちょ》が、この小さな子どもにはあって、どうして大の男に備《そな》わっていないのだろうか。剣はそんな風に考えたが……すぐにやめた。おそらく時間の無駄《むだ》だろう。

それよりも、料理人としては二人に美味《おい》しいと言ってもらえることのほうが重要だ。

「ミルクを入れるなんて最初は驚《おどろ》いたが、なかなか合うな」

「出汁《だし》とミルクは相性がいいんだよ。今はまだ胃が弱ってるだろうし、このメニューしかないと思ってな」

「……だってさ。食べてみな。すげぇ美味《うま》いぞ」

美味《おい》しそうにうどんを頬張《ほおば》りながら言う伊三次を見て、少女は頷《うなず》く。

彼の様子から、どのようにして食べるのか学んだらしい。そろりと箸《はし》を持ち、つゆに沈め、うどんを持ち上げようとし——つるんと逃してしまった。

「あ、あー……箸《はし》の持ち方かな。こう、持ってみな」

「？　？」

剣が箸《はし》の正しい持ち方を少女に見せる。少女は完全に握り箸《ばし》の持ち方になっていた。両方の箸《はし》を握ってしまっているので、当然自由が利《き》かない。

剣は親指と人差し指と中指の動きを見せるが、幼い子どもがすぐにものにできるはずもなかった。できないとわかった少女は、がっくりと項垂《うなだ》れる。自分にはこのうどんを食べることはできないと思ったのか、絶望したような表情を浮かべている。

「す、すまん。俺も教え方が下手で……」

「そんなすぐにできるわけないだろうが。フォークでも使わせてやれ」

「そうだな」

伊三次の提案に剣が頷《うなず》く。

子ども用の小さなフォークなどあるはずもなく、仕方なく大人用のものを手に持たせた。するると、剣の心配をよそに、少女は器用にうどんを巻き取って食べている。

箸《はし》の扱いに慣れていないだけらしい。

「……美味《おい》しいか？」

剣が尋《たず》ねると、少女は頬張《ほおば》りながら大きく大きく頷《うなず》く。食べる手を止める間が惜《お》しいというように、少女はすぐに器に視線を戻して、次の一口を口に運ぶ。

「ははは、ご好評みたいだぞ」

「みたいだな。箸《はし》の使い方は……まあ、おいおい覚えればいいよな」

剣がそう呟《つぶや》くと、伊三次が食べる手を止めた。

ちらりと少女を一瞥《いちべつ》し、剣に視線を向ける。たしなめるような視線だ。

「どうした？」

「おまえ、今の一言は不用意じゃないか？」

「え？　不用意って……何がだ？」

伊三次は、少女に聞こえないようにできるだけ声を落とす。

「『おいおい覚えればいい』ってあたりだ。まさかおまえが教えていくつもりか？　他人で、しかもあやかしのおまえが？」

「あ……」

無意識に、そう言ってしまっていたことに剣は驚《おどろ》く。

伊三次が言っているとおり、剣は自分が教えるつもりで呟《つぶや》いていた。実の両親が教えてくれるだろうとは、露《つゆ》ほども考えなかった。

自分は、この子を親元へ帰すつもりで伊三次を頼ったというのに、どうしてそんな考えが浮かんだのか。剣は無意識に、この少女との今後を思い描いてしまっていた。

「いかんいかん。昨日から、あんまり美味《うま》そうに食べてくれるもんだから、つい……」

「気付いてくれてよかったよ。おまえの思うそれは、犬猫に対するものと大して変わらないんだからな」

「わかってるよ……俺なんかが側にいたって、この子のためにもならないよな」

「そこまでは言ってねえよ。ただまぁ……そのとおりだ」

言葉を濁《にご》しながらも、伊三次は依然として厳しい視線を向けたままだ。

曲がりなりにも探偵《たんてい》をしている伊三次は、不幸な子どもも親もたくさん見てきたと、以前語っていたことを剣は思い出した。伊三次には、安っぽい同情こそが最も人を傷つける凶器だと思えてならないのだ。今、剣が少女にしている施《ほどこ》しも、きっとその『安っぽい同情』に分類されてしまう。剣には、少女のこれから先のことなど、何も責任が持てないのだから。

そんな話をしていると、今度は剣の箸《はし》が止まってしまった。

「……おまえがしたことは、間違いじゃないとは思うさ」

伊三次はぼそりと呟《つぶや》くと、うどんを一口すすった。

出汁《だし》とミルクが合わさったほんのり優しい香りが、器から広がる。

「あまり肩入れしすぎるなってことだよ」

伊三次はそう言うと、大きな口で残りのうどんを掻《か》き込《こ》んだ。それと同時に、横に座っていた少女の口元についたミルクを拭《ぬぐ》ってやる。

「肩入れしてるのはどっちだよ」

剣はそう呟《つぶや》いたあと、わざと音を立ててうどんをすすった。少女もまた次々とうどんを口に運ぶのだった。少女が最後の一口を飲み込んだとき、伊三次がぴくんと何かに反応を示す。

「どうした？」

「ん……帰ってきた」

「帰ってきたって……ああ」

伊三次は立ち上がると、おもむろに外と通じる勝手口を開いた。すると、外の冷気とともに、真っ白い光が二つ、尾を引いて室内に入り込む。

「‼」

少女は、驚《おどろ》いて竦《すく》み上《あ》がった。

伊三次は勝手口を閉じると、室内をふわふわと漂《ただよ》う二つの光に近付いて、そっと触れる。

「ご苦労だったな。銀《しろがね》、銅《あかがね》」

伊三次の言葉に応えるように、光は形を変える。徐々に輪郭《りんかく》を露《あら》わにし、丸い形からしなやかな肢体《したい》が、毛並みが生まれ、最後には優美な白い二匹の狐《きつね》がそこに出現した。

「きつね⁉」

少女が思わず叫ぶと、二匹の狐《きつね》は声の主《ぬし》を振り返る。

「『きつね』ではない。名で呼べ」

「我らをそこらの狐風情《きつねふぜい》と同じように呼ぶとは、不躾《ぶしつけ》な童《わらべ》じゃのう」

狐《きつね》は、二匹揃って流暢《りゅうちょう》に人間の言葉を話している。そのことに少女は目を白黒させて、口もパクパクさせ、どこから驚《おどろ》いていいものかわからないといった様子だ。

二匹に慣れている剣は少女を落ち着かせ、伊三次はつんとすました狐《きつね》二匹にゲンコツを落とす。

「主様《ぬしさま》……今の扱いは理不尽であり不合理であり不当です……！」

「そうじゃ、主様《ぬしさま》！　労われるならまだしも、お叱りを受ける謂《いわ》れなどありませんぞ！」

「やかましい！　子どもを驚《おどろ》かせるおまえらが悪い！」

震《ふる》える少女をなだめながら、剣は伊三次と二匹の様子を苦笑いして見つめる。

「相変わらずだなぁ。おまえのとこの管狐《くだぎつね》たちは」

管狐《くだぎつね》――それは憑《つ》き物《もの》の一種と言われている。中部、東海、東北地方にその伝承が多く残っており、その姿は『コエゾイタチ』という説もあるが、ここにいる二匹は、真っ白な狐《きつね》だ。そして、その管狐《くだぎつね》を使役《しえき》して、予言や占術《せんじゅつ》、呪術《じゅじゅつ》を行う者が古くから存在している。彼らが使うのは、飯綱法《いいづなほう》という特殊な法術だ。

伊三次こそ、その飯綱法の修行を積んだ行者であった。山岳修行が盛んであった頃、伊三次は飯綱権現《いいづなごんげん》で知られる飯綱山に名を連ねたのだった。才覚《さいかく》と信仰心を持ち合わせる彼は、一度は天狗《てんぐ》へと召し上げられた。

『天狗《てんぐ》』は妖怪として広く知られている。山に踏み入る者をおどかしたり、攫《さら》ったりするという、数々の伝承が残っている。

しかし、伊三次が召し上げられたのは、山を行く人々を見守り、危険から救い、信者の願いを聞き届けることを使命とする『護法天狗《ごほうてんぐ》』――神の遣《つか》い、眷属《けんぞく》としてであった。

そして伊三次を、その『護法天狗』へと召し上げたのは、飯綱山に仕える天狗たちを束ねる頭領《とうりょう》、飯綱三郎《いいづなさぶろう》だった。古《いにしえ》より飯綱権現と飯縄三郎天狗は同一とされているが、伊三次を召し上げた飯縄三郎は、権現より天狗の頭領としての役目を任された二代目にあたる。

伊三次は飯綱三郎からも一目置かれていたが、とある罪を犯し、山を追放されてしまう。

人里に下りる際、それまでの働きと、彼の才覚《さいかく》を認め、惜《お》しんでくれたのは、誰あろう飯綱三郎その人であった。頭領《とうりょう》は、その立場ゆえに罪を許すわけにはいかなかった。

だが人里で暮らす際に、自らの名からとった『三』の文字を名として使うことを密かに認めたのである。これは頭領《とうりょう》としての、せめてもの餞《はなむけ》であった。伊三次は時勢に合わせて名を変えて生きてきた。今まで名乗ってきた数多《あまた》の名は、いずれも『三』の字が入っている。

今名乗っている『伊三次』という名は、とある時代劇に出てくる密偵の名で、ちょうど『三』を使っていた。ついでにその密偵がいい男だったので、勝手に借り受けることにしているのだ。

「で、伊三次さんよ。昨日からその二匹に調査を頼んでたんだな」

「そういうことだ。何も情報がないから苦労したぜ」

伊三次がそうぼやくと、目の前にいた狐《きつね》二匹がぷんぷんと憤慨《ふんがい》する。

「苦労したのは私《わたくし》どもです！」

「そうじゃ！　主様《ぬしさま》は我らに苦行を強《し》いておいて、自分一人、剣殿《けんどの》の美味《うま》い飯をちゃっかりと……！」

「わかった悪かったって。剣、すまんがこいつらにも何か食わせてやってくれるか？」

「わかった。さっきのと同じうどんでいいか？」

伊三次の言葉に剣が答える。

「！　剣殿のご飯か⁉」

「そりゃあ、俺が頼んだことだしな」

「やったぞ！　働いた甲斐《かい》があったのう！」

銅がそう叫ぶと、二匹はもう一度姿を変える。

今度は狐《きつね》よりもさらに輪郭《りんかく》が大きくなり……人間の姿になった。豊かな銀の髪を揺らす、美しい容貌《ようぼう》の男性の姿に。二人とも、年は剣たちより少し若く、二十代前半くらいの美しい容姿だ。その上、スーツを着込んでおり、品格まで漂《ただよ》っている。その顔は一つのものを分け合ったかのように瓜二つ《うりふた》なのだが、それぞれ少し違う。

銀は長い銀髪をきっちりと結《ゆ》い上《あ》げ、スーツもボタンを上まで留め、しっかりとネクタイを締めた規律正しい姿だ。対して銅は銀髪を後ろで無造作《むぞうさ》に結い、スーツも前を開けたり袖《そで》をまくったりとラフな格好《かっこう》だ。同じ顔だが、どうも性質は真逆らしい。

そんな二つの美しい顔が、揃って少女のほうに向く。

「‼」

少女は驚愕《きょうがく》し、剣の背後に隠れた。

目の前で狐《きつね》が喋《しゃべ》ったかと思えば、次は人間の姿に変わったのだから、当然だろう。

剣は、少女が足にくっついたままの体勢で、再び調理台に向かった。

❖

「童《わらべ》よ、お主《ぬし》、折り紙は好きか?」

「おりがみ?」

「なんじゃ、そんなことも知らんのか。ほれ、これをこうやって……うさぎになったであろう」

「!」

料理を堪能《たんのう》したあと、銅が少女と戯《たわむ》れている。

銅の手にかかると、真四角の色紙がうさぎに早変わりした。少女はまたしても、驚《おどろ》いて言葉を失くす。渡されたうさぎと銅を見比べて、少女はほぅと感嘆のため息をもらす。作り手の銅はまんざらでもなさそうだ。

「どれ、他にも披露《ひろう》してやろう」

銅はそう言うと、別の色の折り紙を手に取って、折り目をつけていく。その手から次は何が生まれるのか、少女は食い入るように見ていた。

❖

二人が居間で遊んでいる間、剣と伊三次、そして銀の三人は台所の卓《たく》についていた。銀と銅が調べたことを報告するためだ。三人分の湯呑《ゆのみ》を並べて、剣が切り出す。

「とりあえず、両親や家のことはわかったか？　名前は？」

「そうだな。銀、頼む」

伊三次が言うと、銀が話し始めた。

「はい。まず元いた場所は、隣県の小さなアパートでした。電車だと……三駅ぐらいでしょうか」

「待て待て。あの子、着の身着のままだったんだぞ。まさかそんな距離を歩いてきたのか？」

「とりあえず、今はこいつの話を聞いてやってくれるか」

「す、すまん……」

伊三次にたしなめられ、剣は素直に謝る。銀は剣のほうを一瞥《いちべつ》してから、話を続けた。

「そしてあの子どもの名ですが……ございません」

「は？」

「ないのです。まず、その名を知る者がおりません」

「近所の人や、親類《しんるい》は……？」

「一人も」

剣の問いかけに、銀は静かに首を振った。

「じゃあ、親は……？」

剣がさらに尋《たず》ねると、銀は神妙《しんみょう》な面持《おもも》ちになり、一瞬だけ伊三次を見る。そして伊三次が頷《うなず》いたのを確認し、剣に向き直った。

「父親はおりませぬ。亡くなったものと思われます」

「なんだと……!? そんなことって……」

驚《おど》き頭を抱える剣だが、銀はかまわず話を続けた。

「母親と二人暮らしだったようです。ですが、母親は……」

銀は一度言葉を区切った。言い辛いことなのだと、剣は悟る。

だが銀は意を決したように語り始めた。

「あまり家に帰っていなかった様子。あの子どもは誰もいない家で、日がな一日、たった一人で過ごしていたようです。あのとおり大人しい性質なので、幼い子どもがいるとは近所の者も知らず、また気にかけることすらなかったようです。子どもが食べられるものなど、部屋にはろくに残っておりませんでした」

「それで、あんなに……」

剣は、少女の痩《や》せこけた腕や腹、頬《ほほ》を思い起こした。

どれほど空腹だっただろうか。どれほど寂《さみ》しかっただろうか。心細かっただろうか。あの少女は、あんなに幼い年齢で、この飽食《ほうしょく》の時代に、飢《う》えて死ぬかもしれない恐怖を覚えたのだ。剣は、頭を抱えて俯《うつむ》いてしまった。

「あの、剣殿……」

銀が続けてもいいか、尋《たず》ねようとする。それを伊三次が制し、自らの疑問を口にした。

「しかし、名前がないとはどういうことだ？　呼ぶ人間がいなくても、公の記録には残るんじゃないのか?」

そこは、剣も違和感《いわかん》を感じていたところだ。母から名前を呼ばれていなくても、近所付き合いがなくても、出生届《しゅっしょうとどけ》を出して、戸籍を取得しているはずだ。

そうすれば、定期健診の知らせなど、公的機関から様々な接触がある。それに応じなければ、何かしらの連絡が入るようになっている。

そうして行政は虐待《ぎゃくたい》やネグレクトがないか、目を光らせているのだ。残念ながら目が届かず痛ましい結果になってしまうこともあるが、救われている例もまた、ある。

あの少女にも、きっと救いの手が差し伸べられるはずだ。

そう思って、剣は再び銀を見るも、銀は静かに首を横に振った。

「ないのです。公的記録にも」

「は?」

「出生届《しゅっしょうとどけ》が、出されていないらしいのです」

「そんな……そんなことって、あるのか?」

剣は衝撃の事実に、思わず言葉を詰まらせる。

「無戸籍者《むこせきしゃ》は、この国にも一万人はいると言われているな。そんなうちの一人ってわけか」

「ばかな……」

伊三次はそう言うが、剣には信じられなかった。

『あやかし』として顕現《けんげん》し、人の世に仮住まいをさせてもらっている剣でさえ、温かい寝床《ねどこ》と日々の食事にありつけている。名をもらっている。自分を気にかけてくれる友人も幾人《いくにん》かいる。それなのにどうして、人の世に生まれた人間の子どもが、それを得られていないのか。ニュースや新聞でその手の情報を見たことはあったが、いざ目の当たりにすると、こうも胸の抉《えぐ》られる思いがするものなのか。

剣は少女の姿を目の当たりにしてから、ずっと抱いていた懸念《けねん》があった。

それは、この子は元の家に戻っていいのだろうか、帰ったら本当に幸せになれるのだろうか、というものだ。あんなにボロボロの姿を見てしまっては、とてもそうは思えなかった。

そしてその懸念《けねん》は正しかった。少女には、帰る場所などなかったのだ。

剣の手は震《ふる》えて、湯呑《ゆのみ》を持つこともかなわない。

そこへ静かな足音が響《ひび》いてくる。三人が音のほうを振り返ると、そこには銅に連れられた少女が、中をうかがうようにちょこんと立っていた。銀は、銅をきつく睨《にら》む。

「銅、まだ話の途中だ。その子に聞かせる気か」

「いやぁ主様《ぬしさま》、剣殿、申し訳ない。この童《わらべ》がどうしてもと言うものでな」

銅に促《うなが》され、少女はおずおずと剣の側に寄る。

「どうした？」

剣が話しかけると、少女はもじもじしていた。手に何やら持っているようだが、なかなか見せようとしない。恥ずかしいのか、見せていいものか迷っているのか……

剣は、そっと手の中にあるものを指さす。

「それ、見せてもらってもいいか？」

剣がそう言うと、少女は赤くなりながら、小さな掌《てのひら》をそっと開いて見せた。

中から、折り紙でできたうさぎが出てくる。

端が揃っておらず、何度か折り直したようで、ところどころ歪《いびつ》だ。けれど、折り目をきっちりと折り、何度もやり直してきれいに作ろうとしたことが、見て取れるものだった。

「……くれるのか？」

少女は、ちらちらと上目づかいで剣の顔をうかがいながら、小さく頷《うなず》く。

「……ありがとうな」

剣は折り紙のうさぎと少女をじっと見つめた。そして、気が付いたらその両腕ですっぽりと少女を胸の中におさめていた。

「!?」

何が起きたのかまったくわかっていない少女は、混乱して伊三次たちに視線を向けようとする。しかし、それより前に剣が言葉を発した。

「もう少し、ここにいたらいい」

「……?」

剣には、眉をひそめて立ち上がる伊三次も、驚《おどろ》き声を出せずにいる銀も、どこか満足そうな銅も、何も目に入らなかった。

剣の心は、ただ目の前の少女が美味《おい》しそうに自分の作った料理を頬張《ほおば》る顔をもう一度……いや何度でも見たいという、ただそれだけの想いで溢れかえっていたのだった。

第三章　しろねこぷりん

あの子にまた会えた。でもとろんとして、すぐにいなくなっちゃった。

そんな風にもう会えなくなっちゃうのかと思ったら悲しくなった。

でも剣が会わせてくれた。

まっしろなまぁるい体に、お耳がちょこんとついて、くるんと尻尾がついてるあの子に。

これから何回でも会えるって言ってくれたんだ。

❖

師走《しわす》の空は、晴れ渡っていた。

昨日降《ふ》った雪が嘘のように、雲一つない快晴となっている。大きな紙一面を青い絵の具で塗《ぬ》り潰《つぶ》したように、空は真っ青に染まっていた。対して、昨日朝から夜まで降《ふ》り続いた雪により、街は昼に近付いた今でも一面銀世界である。

青と白のコントラストが、小さな少女の大きな瞳《ひとみ》いっぱいに広がる。

「～！」

「どうじゃ、見るだけで心が清められるであろう」

「？」

銅が何故《なぜ》か得意げに言うと、少女は首を傾《かし》げる。

「いい眺めってことだ」

伊三次が補足してやると、意味がわかっているのかいないのか、少女が嬉しそうに微笑んだ。

剣の暮らす家には、敷地の三分の一を占めるほどの広い庭がある。

庭には立派な松の木がどっしりと根をおろし、剣の主《あるじ》やその父、祖父の代からずっとこの家を見守ってきた。雪を被《かぶ》っていてもその悠然《ゆうぜん》とした様は変わらない。むしろ、雪の白で青々とした葉の色が強調され、より鮮やかな色合いに見える。

そんな風景を、居間の隣の縁側から、少女と伊三次と銅が並んで眺めていた。

少女は今にもその真っ白な光景に飛び込みたそうにうずうずしていたが、それは剣に止められている。少女を保護したとき、手当てをし、念のために熱を測ったら、微熱があったのだ。まだ下がって間もないゆえに、剣は神経質になっていた。

「童《わらべ》よ、お主《ぬし》はまだ庭へ下りてはならんぞ」

銅の言葉に、少女はしっかりと頷《うなず》く。

『もうちょっと元気になったら、こんな寒い中でも遊べるからな。今は大人しくしているんだぞ』

そう言った剣の言葉を、少女は順守している。

少女の代わりに、銅が庭に下り、何やら雪を掬《すく》っては集めている。

「おーい、何やってんだ？　自分一人楽しそうにして」

「申し訳ありませぬ。これを作っておったのです」

伊三次の問いかけにそう答え、銅は手にしていたものを少女の側にそっと置く。

それは、真っ白な雪が小さく丸く固められ、頭と胴の形をしている——雪だるまだった。

「！」

急ごしらえでも愛らしいその姿に、少女は目を輝かせる。

じーっと見つめたり、違う角度から覗いてみたり、ちょっと触ってみたり……興味深そうに色々やっている。すると、急にきょとんとして銅を振り返った。

「おみみ、ない」

「……耳？」

少女は、こっくりと頷《うなず》く。それに対し、伊三次と銅は目を見合わせた。

「雪だるまに耳っているのか？」

「はて、聞いたことがありませぬ」

数百年のときを生きた伊三次たちであるが、初めて聞く要望に首を傾《かし》げるばかりだった。

「……しっぽもない」

「耳に尻尾？　まるで動物だなぁ」

「……主様《ぬしさま》、それですぞ」

「へ？　それって？」

尋《たず》ねる伊三次をおいて、銅はせっせと雪を集めて雪だるまの改造を始める。答えが見えたらしく、銅の作業は素早く、あっという間に雪玉が形を成していった。

「童《わらべ》よ、これでどうじゃ？」

「！」

少女の目が、零《こぼ》れ落《お》ちそうなほど大きく開く。目の前に置かれた雪だるまの頭には、三角の耳が二つちょこんとくっついている。そして後ろには細長い尻尾がある。

「ねこちゃん！」

少女は頬《ほほ》を紅潮させて、あらゆる角度から猫雪だるまを見つめる。

「ほぉ、やるな」

「ムフフ、なんのこれしき」

銅は謙遜《けんそん》しているつもりなのだろうが、ものすごく自慢げなのが態度に滲《にじ》み出《で》ている。

「なんで猫のことを言っているってわかったんだ？」

「さあ？　まぁ、このくらいの童《わらべ》は、だいたい猫だの犬だのを好いておるものでしょう」

伊三次の問いかけに、銅が答える。

要するに、ただの勘なのだが、その勘働きは正解だったようだ。

少女はずっと真っ白な『猫』を眺めていた。寒い庭に、猫と一緒に駆け出していきそうなほど、爛々《らんらん》と瞳《ひとみ》を輝かせて。

そんな姿を見ながら、伊三次はここにいない家の主《あるじ》に思いを馳《は》せる。

（剣は今頃、首尾よくやっているかねぇ……）

❖

少女と伊三次、銅が縁側で雪遊びに興じていた頃、剣と銀は、電車で三駅ほど離れた街に来ていた。剣が普段あまり降《お》りることのない場所だ。

このあたりで有名な繁華街《はんかがい》はもう二駅行った先であり、ここはその中間地点ぐらいの住宅街。特に用事もなく、今まで素通りしていた駅だった。

その駅から歩いて十五分ほどの場所が、今回の目的地だ。

駅前にはそれなりにスーパーやチェーン店が並び、そこから少し歩くと、徐々に古びた佇《たたず》まいの店と昔からある一軒家が増えていく。やがて、マンションや一軒家に隠れるような、小さなアパートが何棟か見えた。

銀に導かれ、剣はその一角にある小さな古びたアパートの二階に足を運ぶ。二階の一番奥の、日の差し込みにくい暗い部屋――そこが、あの少女の暮らしていた部屋だった。

剣は管理人から預かっていた鍵《かぎ》を、ドアに差し込む。だが、鍵《かぎ》はかかっていなかった。

「……そりゃあ、そうか。あの子が開けたときのままなんだろうな」

「……入ってみましょう」

ドアノブを回して、薄っぺらな扉を引くと、なんとも言えない悪臭が漂《ただよ》ってきた。何日も……いや何か月も掃除《そうじ》をせず、換気《かんき》も怠《おこた》っているのだとすぐにわかる。

剣と銀は思わず鼻を塞《ふさ》いだ。特に銀は鼻が利《き》くので、この臭いは辛いようだった。二人は顔をしかめながら部屋の中に踏み入る。

しかし、進むことがためらわれた。床のあちこちにゴミが散乱し、足の踏み場がない。ゴミは袋にまとめて出しそびれているようなものではなかった。食べものの袋、食べカス、食材が半端にかじられて放置されたもの……そういったものが、そのまま転がっていた。

剣は、直感する。これらを散乱させたのは、あの子だ。

振り返って銀を見ると、何も言わず彼は頷《うなず》いた。剣の言わんとしたことが伝わったようだ。

菓子やパンの袋などはまだいいほうだ。床に転がるゴミの中には、インスタントラーメンの袋もあった。中身は幾分か残っていたが、茹《ゆ》でていない乾麺《かんめん》の状態のままかじられている。

他にも火を通すのが好ましい加工品、かじりかけの生野菜もあった。固くて食べられなかったのだろう。大半が半分も食べられていない。中には、皮が剥《む》かれていない玉ねぎも転がっている。とても人間の住処《すみか》とは思えない。

「なんなんだよ、これ……」

剣は思わず、声を漏《も》らした。

同時に様々な感情が駆け巡る。嫌悪《けんお》、憎悪《ぞうお》、吐き気、やるせなさ、悲しみ、憐《あわれ》み、そして絶望。今まで自分は何をしてきた？　剣はそう自問する。

流しの料理人として様々な客のもとを訪れ、望まれるまま料理を提供してきた。それで役に立てたと、客のために自分ができ得る最大限のことをしてきたと、そう自負していた。

今まで剣は、生きることに余裕を持った人間に料理を提供して、人を救った気になっていた。しかし、こんなに近くに、食べることもままならない少女がいたのだ。

　こんなにも、必死にもがいて生き延びようとしている存在がいたというのに——

「剣殿、お気持ちはお察ししますが、あまり長居はできません」

　うずくまりそうになる剣を、銀が呼び戻す。

　管理人には親類《しんるい》と名乗り、荷物整理と嘘をついて、なんとか鍵《かぎ》を手に入れたのだ。住人の心象がよくないのか、あまりいい顔をされなかったので、そうそうゆっくりもしていられない。

「悪かった。もう大丈夫。とりあえず、あの子の情報がわかるものだけでも探そう」

「ええ。もしかすると、母子手帳ぐらいは見つかるかもしれません」

　母子手帳は妊娠が確定した段階で自治体に届け出れば配付される。その後きちんと健診に通っていれば、少なくとも出産までの記録は残っているはずだ。もし出産前に子どもの名前を記入していれば、あの子の名前もわかる。

❖

「……ダメだ。ないな」

「ええ」

剣と銀は小一時間ほど、ゴミの山を漁《あさ》った。

あまりの悪臭に耐え兼ねて窓を開け、手当たり次第にゴミをゴミ袋に放り込んでいく。大分、床の見える部分が広がった。しかし、床が見えたら見えたで、ひどい状態だった。様々なゴミから漏《も》れ出《で》ていた汁などが床に染みつき、もはや本来の床の色が想像もできない。

貴重品まで捨ててしまわないようにきちんと分別をして、確認してゴミを捨てている。

それでも、あの少女の手掛かりになりそうなものは何一つ見つからなかった。

少女が赤ん坊の頃着ていたであろう小さすぎる服、そしておむつが未使用のものと使用済みのもの、両方転がっていた。子ども用の下着は見当たらなかった。

あの少女はどう見ても幼稚園児ぐらいの歳だ。それまで、ずっとおむつだけで放置されていたということだろうか。

剣の中に、少女の母親への怒りが沸々《ふつふつ》と湧き上がってくる。

そのとき――

「あんたら、何してんだい？」

突然、玄関のほうから声が聞こえた。

振り返ると、年配の女性が不信感を露《あら》わにした表情で剣たちを見ている。

「さっきから臭いがひどいんだけど……いったい何してんの？」

鼻を押さえながら、刺々《とげとげ》しい声音《こわね》で女性が言う。剣は慌てて玄関に行き、女性に頭を下げた。

「すみません。ここの住人の……親類《しんるい》です。ここの住人に代わってその……荷物を少し整理していまして……」

「荷物？　ああ、やっと出てってくれるの？　ありがたいね、ようやく安眠《あんみん》できるわ」

「あ、安眠《あんみん》……？」

聞き返す剣に、女性は眉をひそめる。説明するのも煩《わずら》わしいといった風だ。

「あんたら知らないの？　ここの人、どうやら色んなとこから借金して返せなくなってたみたいでね。毎日毎晩、取り立ての人がひっきりなしに来て騒いで、近所中迷惑してたんだよ」

「そ、そうでしたか……」

「まぁ出てってくれるんならもう心配もないね。あんたらもせいぜい迷惑を被《こうむ》らないように気を付けなよ」

それだけ言い放って、女性は隣の部屋のドアを開いた。隣人だったらしい。

剣は慌てて、引き留める。

「あ、あの！」

「……何？」

「あの、ここの住人……子どもはいませんでしたか？」

親類《しんるい》で荷物整理まで引き受けているはずの剣が、子どもについて聞くのは、怪しまれるかとも思った。だが、隣人であるこの人ならば、何かしら知っているかもしれない。部屋の中に手がかりがない以上、この女性しかもはや解決の糸口はない。

「子ども？　さあ、いないんじゃない？　そんなの連れてるところ見たことないし、声も聞こえないし。何より……」

「な、何より？」

「あの人が母親じゃねえ……子どもも可哀《かわい》そうだよ」

女性は吐き捨てるように、あの少女の母親を心底嫌って見下している目をして、言った。

ふんと鼻を鳴らして、今度こそ部屋に入ってしまう。剣は、拳を握りしめていた。

「剣殿……もう、行きましょう」

ため息交じりに銀が呟《つぶや》く。銀たちの調査の結果、ここにたどり着けたのだ。こうなることは、ある程度わかっていたのだろう。

普段から冷静で表情をあまり崩さない銀が、眉をひそめている。

「……わかった。行こう」

「はい」

二人は再び部屋の中に戻り、窓を閉めたりゴミ袋を脇《わき》にどけたりした。

そんな中、床に散らばるものから離れた場所に、ゴミとは毛色の違うものが見えた。先ほどは目に入らなかったそれが、剣の視線を奪《うば》う。

「これは……？」

❖

「あ、あのな……童《わらべ》よ。その……気を落とすでない」

「……」

「その……すまんな。俺らもついうっかり忘れてて……」

「………」

正午を過ぎてしばらく経つ頃。伊三次と銅は居間の隣の縁側で少女と向かい合って、項垂《うなだ》れる少女をなぐさめていた。

銅が新雪《しんせつ》で作った猫雪だるまは、午前中いっぱい、少女の傍《かたわ》らできらきらと輝きを放っていた。正午になり、三人は剣が作っておいてくれた昼食を食べに台所に向かった。

そこらの店よりもずっと美味《おい》しいメニューに舌鼓《したつづみ》をうって、意気揚々《いきようよう》と居間に戻ってくると……留守番をしていたはずの猫雪だるまは、その形をとろんと崩してしまっていた。

その日は大雪の直後にしては温かく、正午に近付くにつれ日差しが勢いを増していた。

次第に気温も上がり、日当たり満点の縁側で留守番をしていた『白猫』は、溶けてしまったのだ。

少女は、その溶けたアイスクリームのような姿にがっくりと肩を落として、茫然《ぼうぜん》とした。

銅が慌ててもう一つ作ろうとしたのだが、午前中に彼自身が散々踏み荒らした雪は泥交《どろま》じりで、どうしてもまだら模様になってしまう。

少女のしょんぼりした姿に、伊三次も銅も困ってしまう。何百年と生きてきた二人だが、こんな顔をする子どもをどう扱えばいいか、わからないのだ。

二人して頭をひねった末、伊三次が立ち上がった。

「仕方ない。銅、ちょっとこの子のこと見てろ」

「主様《ぬしさま》、どちらへ？　まさか……お逃げになるのか？」

「バカ言え。情報収集と物資調達だ」

「この状況で二人きりにするなど……あ、主様《ぬしさま》！　お待ちを……！」

伊三次は振り返らず、上着と鞄を掴《つか》むと、颯爽《さっそう》と部屋を出ていったのだった。

❖

日が傾きかける頃、剣と銀はようやく帰宅することができた。

「ただいまー」

半日以上ぶりに我が家に帰ってくると、剣は居間に向かって大きめの声をかけた。だが、返ってくる声はない。その代わり、居間のほうから何やら楽しそうな笑い声が聞こえる。

剣と銀は顔を見合わせて、そのまま居間まで歩く。居間の襖《ふすま》は開いたまま、暗い廊下に光が漏《も》れていた。聞こえてくる声からして、中にいるのは伊三次と銅、そしてあの少女であることは間違いない。

何をしているのだろうか……おそるおそる中を覗いてみる。

すると、小さな手に大きなプラスチックカップと簡易スプーンを手にし、口いっぱいに何かを頬張《ほおば》る少女が、目に留まった。

「……ただいま」

居間の入り口で声をかけたところで、ようやく三人は気付いた。

「おう、おかえり！　収穫《しゅうかく》はあったか？」

「遅かったですのう、剣殿、銀」

「～‼」

少女は剣の姿を見ると目を輝かせた。

口の中に何かが詰まったまま立ち上がり、プラスチックのカップを手にして、剣のもとに駆け寄る。そして、手にしたカップとスプーンをぐいっと剣のほうに差し出した。

どうも、コンビニなどで売っているプリンのようだ。

「いや、これはおまえのだろう？」

そう言う剣に、少女が再度カップとスプーンをぐいぐいと差し出す。

剣が少女の食べているものの存在を知らないと思ったのだろうか。

「あ～……美味《おい》しいのか？」

少女は、ブンブン音がしそうなほど頷《うなず》いた。

「……もしかして、分けてくれるのか？」

「……わける？」

「俺も、食べていいのか？」

少女は意味がわかったのか、また大きく頷《うなず》いた。

子どもが食べているものを僅《わず》かでも横取りするようで気が引けたが、食べないと引き下がりそうにない。剣はほんの少しだけ掬《すく》って口に入れた。

柔《やわ》らかな甘みが口の中に広がり、すぐにとろんと溶ける。

「……うん、美味《うま》いな」

「！」

剣がそう言うと、少女はまた目を輝かせた。

「おいしい！」

「そうだな、美味《おい》しいプリンだな」

「……ぷりん？　ぷりん……ぷりん……」

少女は何度も繰り返し、未知の美味《おい》しいものを記憶に刻みつけているようだった。剣は微笑ましく思いながら、そろりと伊三次に視線を移す。

「どうしたんだ、これ？　冷蔵庫には入ってなかったろう？」

剣が問うと、伊三次は少しだけ困った風に答えた。

「まぁ、その……罪滅ぼしというか、気を逸《そ》らせるためというか……」

「罪滅ぼし？」

意味を測りかねている剣に、横から銅が説明を挟む。

そして、説明した。あの猫雪だるまの悲劇について……

「なるほどな」

一連の流れを聞いて剣は納得した。少女を見ると、再びプリンを頬張《ほおば》ることに夢中になっていた。どうやら、悲劇のことは忘れ去ったらしい。

「そっちはどうだった？」

伊三次がやや顔を強《こわ》ばらせてそう尋《たず》ねる。

声も抑えているので、少女に聞かせていいものか、迷いながら聞いているようだ。

「ああ……まぁ、そうだな」

剣は銀と目を合わせ、言葉を選びつつ、ぽつぽつと話す。

「結論から言えば、何もわからなかった」

「……そうか。予想はしていたが、困ったもんだな……」

伊三次が俯《うつむ》く。

「せめて名前だけでもわかればのぅ」

「母子手帳も見当たらず……」

銅の言葉に、銀が力なく呟《つぶや》く。剣は、母親の評判についてはここでは触れなかった。

少女が母親のことをどう思っていたかわからないが、悪い話を聞かせる必要はないだろう。

赤の他人の剣たちですら、あの隣人から向けられる軽蔑《けいべつ》の視線にはいい気持ちがしなかった。

悲しいことだ、と剣は思う。すると、そこで剣は鞄の中身のことを思い出した。

「そうだ。一つだけ見つけたんだ、この子の好きそうなものを」

剣は肩から下げていた鞄の中から、一冊の本を取り出す。

「！」

絵本だった。それにしては分厚い。男の子や女の子、海賊《かいぞく》やお姫様、犬や鳥、様々なイラストが表紙に描かれていてなんの物語なのか想像もつかない。

「世界中の物語を集めた童話集みたいなんだよ」

そう言って、剣はページをパラパラとめくって見せる。人魚姫に宝島、かぐや姫などの誰もが知っているような物語もあれば、図書館の隅っこを探さなければ見つからないような物語まで、実に二百以上の童話が収録されている。

大人でも読破《どくは》するのに時間がかかりそうなこの本は、ボロボロになるほど読み込まれていた。扱いが悪かったとは思えない。ゴミが散らかる室内において、この本は丁重《ていちょう》に棚に収められていた。破れたりシミがついたりもしておらず、何度も何度もページをめくられた跡だけが残っている。そして、剣にはわかったのだ。この本は、少女があの薄暗く湿っぽい室内で一人、何度も何度も読み返していた本なのだと。

「これ、おまえのだろう？　何回も読んでたんだよな」

剣はプリンを片手に茫然《ぼうぜん》とする少女に、本を差し出す。唯一、少女の好きなものがわかったと思った。

「あ……」

少女の目は、本を見たときから大きく見開かれている。そして、喉から発せられたのは、掠《かす》れた、言葉にもならぬ声だけだ。

「あ……あ……あ……」

「？　どうした？」

剣は少女にも手が届くようにしゃがんで本を渡そうとするが、少女がその本を手に取ることはなかった。代わりに、大粒の涙をぽろぽろと零《こぼ》し始《はじ》める。

「⁉　お、おい？」

「あ……あああああああああああああぁぁぁぁっ‼」

少女は、カップもスプーンも落とし、ただひたすら大声を上げて泣き喚《なわめ》いた。

剣はそのときになって、しまったと思う。もっと早く気付けばよかった。

この子は料理を見たときや食べたときとは違って、この本を目にしたとき、目を輝かせるようなことはしなかった。そして、この本を目にした瞬間、あれだけ喜んで食べていたプリンを掻《か》き込《こ》む手も止まっていたのだ。

少女は、ただただ泣きじゃくった。泣いているかと思うと、剣におそるおそる近寄る。だが、触れようとはしない。触れていいのかどうか、恐れているようだった。

思い切って剣のほうから頭を撫《な》でてやると、剣の腰に抱きついて離れない。剣もまた、振りほどくことができなかった。

「いない？」

「何がだ？」

「けん……いなく、なる？」

少女はたどたどしく、言葉を探るようにゆっくりと尋《たず》ねる。剣は意図を測りかねた。

「俺がいなくなるって……どうして？」

剣が尋《たず》ね返《かえ》すと、少女はちらりと剣が渡した絵本を見る。恐ろしいものを見るような視線で。

「あの本が、何かあるのか？」

「……おかあさん……」

剣も、伊三次も、銀、銅もはっとする。この少女が自分から母親のことを口にするのは初めてのことだ。

「お母さんが、どうしたんだ？」

「むかしはいっしょによんでた。でも、いなくなった。これ……ぜんぶよんだら、かえってくるっていった……」

剣は再び絵本に視線を向ける。絵本はボロボロだった。装丁がところどころ剥《は》がれ落《お》ち、ページは何度も何度もめくられたせいで折れ曲がって、手垢《てあか》まみれだ。

それは、この少女が母親がいない寂《さみ》しさを絵本を読むことで紛《まぎ》らわして、あまつさえ気に入って読み込んでいるからだと思っていた。

だが違ったのだ。少女にとって、この本は母親がいない時間そのもの。

最初から読み始め、最後のページまで到達すれば母は帰ってくる。一人きりの寂《さみ》しい時間そう信じていたからこそ、ページをめくり続けたのだ。

だが、母親は帰ってこなかった。おかしいと思っただろう。不思議に思って、また読み返したのだろう。何度も何度も、読んだのだろう。その本が、剣の手から渡される。きっとこう思ってしまったのだ。剣もまた、この絵本一冊を置いて、帰ってこなくなるのかと。

それを恐れて、少女は剣にしっかりとしがみついた。

そのあと、日が落ちても、剣が夕飯の用意をしようとしても、少女は絶対に剣の側から離れなかった。

泣き疲れてようやく眠りについても、剣の腰に抱きついたまま、その力を緩《ゆる》めようとはしない。

「……なんてことだ……」

言葉を発したのは剣だった。それは、その場の全員の思いだった。

「この子は、『魔法』とか『宝箱』とか『雪』とか、妙に難しい言葉を知っていた。なのに、『砂糖《さとう》』とか『甘い』とか『美味《おい》しい』とか……日常使うような言葉はあまり知らなかった。どうしてか疑問だったが、ようやくわかったよ」

剣は子どもの肩を抱いた手とは反対の掌《てのひら》をぎゅっと握りしめた。爪が食い込んでも、まるで痛みを感じない。

「この子は……ろくに会話ってものをしていなかったんだ。ほったらかしにされて……だから、本の中に出てくる言葉だけを覚えて……まだこんなに小さいのに……！」

剣は、自分に必死にしがみつく少女の体を抱きしめる。そうせずにいられなかった。

「剣……」

伊三次が声をかける。

抱きしめる剣の手に、ぽつりと雫《しずく》が零《こぼ》れ落《お》ちた。一滴、二滴、三滴……

それは小さな少女を抱きしめた剣の頬《ほほ》を伝ったものなのか、腕の中で眠りながらやっと出会えた庇護者《ひごしゃ》を求める少女のものなのか、もしくは二人の涙が混ざり合ったものなのか、定かではなかった。

少女は泣き疲れたためか、ずっと眠っていた。

夕飯は何も口にしていないにもかかわらず、目を覚ます気配がない。

何か体に異変が起きてしまったのではないかと、剣が狼狽《うろた》えるほどの深い眠りだ。唯一、剣が側を離れようとしたときだけ、小さく震《ふる》えて泣きそうな声をあげた。

だから剣は、一晩中少女を腕に抱えたままでいることにした。腕が痺《しび》れて動かなくなっても、絶対に離れなかった。

「剣、無理すんなよ」

「剣殿、我が代わろうか？」

「剣殿、何かお手伝いできることは？」

伊三次とその配下の管狐《くだぎつね》二人が口々に心配してくれる。

三人とも、こんな様子の少女と剣を置いて去ることができず、ともに夜を明かすことになった。五人揃って居間でそれぞれ毛布にくるまって眠ったが、剣だけは眠れなかった。

色々なことが、剣の頭の中でぐるぐると渦《うず》のように巡る。

家の前で倒れていた少女の姿、初めて剣の料理を食べたときの顔、伊三次に言われたこと、あの部屋の惨状、隣人の嫌悪《けんお》に満ちた顔、プリンを分けてくれたときの輝く瞳《ひとみ》、今も剣の腰に回されたか細い手。その手を、剣はもう、離すことなどできない。

わずか数日の間に起こったことが、目まぐるしく頭の中を駆け巡り、一つの思いが生まれた。剣は手近にあったメモ帳とペンを手に取り、何やらリストを書き込んでいく。

「ん？　剣、おまえ……寝てないのか？」

伊三次が目を覚ます。ふと外を見ると、空が白《しら》んでいる。もう、夜明けだ。

「伊三次、頼みたいことがある」

寝《ね》ぼけ眼《まなこ》の伊三次に、剣ははっきりした声で言い放った。そして、手にしていたメモ用紙を渡す。

❖

居間でうずくまっていた少女、銀、銅の三人も目を覚まし、もうすでに日も高く昇った頃、伊三次が戻ってきた。剣の書いたメモに従っておつかいに行っていたのだ。

「主様《ぬしさま》、またお出かけに？」

「おうよ。俺が走り回ってる間ずーっと眠りこけやがって……いいご身分だな」

「それほどでも」

嫌みの通じない配下二人に、伊三次はため息を漏《も》らす。

「やれやれ、色んなものをご所望《しょもう》だな。あちこち回るのはちょっと大変だったぞ」

伊三次がメモ用紙を振りながら、剣に向かって言う。

おつかいメモの中身は、食料品に留まらず、日用品、衣類、本と様々だった。いったい何をする気なのか、伊三次にはわかるようでわからない。

ただ一つ、あの少女のために、剣がこの一夜で何か考えたということだけはわかった。

少女は目をぱちくりさせて、伊三次が持っている袋を見つめる。初めて見るものがたくさん並んでいるからか、どうやって、何に使うものなのか、戸惑《とまど》っている様子だ。少女は机の上のものと剣、伊三次とを見比べる。すると、剣がニヤッと笑った。

「よし、今から料理の時間だ」

少女の頰《ほほ》に、かすかに赤みがさした。

❖

剣の主《あるじ》は和食を作ることに長《た》けた料理人だった。

そのため、剣の料理の技能も和食に傾倒《けいとう》し、家に置いてある調味料も和食に適《てき》したものが多い。主《あるじ》の娘は洋食も手がけているが、彼女が独立して剣一人でこの家に住むことになってからは、和食向きの調味料が多くなった。

剣が、サラサラした小粒の砂糖《さとう》を、大胆に鍋《なべ》に流し入れると、少女は声を出して驚《おどろ》く。

「それ……？」

「ん？　ああ、いつも使うのとは違うな」

少女は、剣の手元に僅《わず》かに残った砂糖《さとう》をまじまじと見つめている。これでいいのか、と問うような視線だ。まだ数回しか剣の作業を見ていないのに、いつも何を使っているのかをもう覚えているのかと、剣は感心した。

「砂糖《さとう》にも、いくつか種類があってな。いつも使ってるのは上白糖《じょうはくとう》。しっとりして粒が大きい」

「じょう……はく……とう？」

「ああ。それでこれから使うコイツは、グラニュー糖。上白糖《じょうはくとう》よりサラサラしてるだろう。お菓子作りにはコイツのほうが適《てき》しているんだ」

「おかし……？」

「ああ、そうだ。だけどクッキーなんかのお菓子と違って、今日はこのグラニュー糖を火にかける」

そう言って、剣は残りのグラニュー糖と水を鍋《なべ》に流し入れ、コンロのつまみを捻《ひね》った。

青い炎が鍋《なべ》の下に現れると、少女はビクッと肩を震《ふる》わせる。この瞬間は、慣れないらしい。

だが、火がついたあとは剣の手元が気になるらしく、ずっと周囲をちょこちょこ動き回っている。気になるものの、鍋《なべ》の中までは覗けず、じれったいのだ。

「……今度、足台用意してやろうな」

「？」

鍋《なべ》の中が気になる少女に、剣は時々中を見せてやりながら温め続ける。

少女に見せるたびに、鍋《なべ》に入っていたグラニュー糖が色を変えていく。真っ白だったものが、徐々に徐々に黄色く、そして茶色いカラメルになっていった。

少女は不思議そうにそれを眺めるのだった。

（焦げないように気を付けながら、鍋《なべ》の中が赤銅色《しゃくどういろ》になるまで温めると……）

「ちょっと下がってな」

剣はそう言い、鍋《なべ》にぬるま湯を流し入れた。じゅわっと大きめの音を立てた少しあと、火を止める。そして、温めている間に用意していた小さな容器に、鍋《なべ》の中身を流し込んだ。

赤銅色《しゃくどういろ》のとろっとした液体が、透明な容器の底に溜まっていく。

少女の視点とほぼ同じ高さにあるそれらが、少女の瞳《ひとみ》に映り、瞳《ひとみ》の色を変えていく。

「熱いから気を付けてな。あと、それだけではまだ食べられないからな」

「？」

少女は驚《おどろ》いて剣を見上げる。いつもなら、剣が火を止めたらもう出来上がりなのだ。なのに今回は違う。だが確かに、先ほど温めた砂糖《さとう》は容器の底ほんの数ミリを埋めたに過ぎない。剣が『できた』と言うには、あまりにも少なすぎるのだ。

不思議そうな顔をする少女に、剣は伊三次が調達してくれたものを差し出す。

「さあ、ここからはおまえも手伝ってくれ」

「……て、つだう？」

「ああ、一緒に作ろう」

「いっしょ……？　いっしょに？」

少女は自分を指さして、何度も何度も剣に聞き返す。剣はそのたび、何度も頷《うなず》いた。そして、伊三次に調達してもらったエプロンを、少女に着せてやる。

「よし、やろうか」

「……っ！」

少女は、ほっぺたを真っ赤にして、全力で頷《うなず》く。

赤い布地にチェックの模様が入った小さなエプロンを身につけ、少女はそわそわした様子で、剣の前に立った。感想を求めているのだろうか。それともこれで準備は万全か尋《たず》ねたいのだろうか。ちらちらと何か問いたげな視線を剣に送っている。

「準備はまだ終わってないぞ」

「！」

少女がピクリと姿勢を正す。少女の手をとって、剣は続けて言った。

「きちんと手を洗う。これは食べものを扱うときの、約束だ」

「やくそく……！」

少女は大きく頷《うなず》く。そして剣と一緒に流しで手をしっかり洗うと、剣に向けて両手を見せた。剣は、じっくりと少女の両手を確認すると、こう告げる。

「よし、じゃあまず卵を割ろうか」

「たまご……きいろ？」

「そう。あの黄色いのだ」

剣が頷《うなず》いてみせると少女は顔を綻《ほころ》ばせた。しかし、すぐに怪訝《けげん》そうな顔になる。目の前に置かれているものは、白い塊《かたまり》だからだ。

「これを、こう割るんだ。そしたら……」

剣が卵を手に取り、ボウルの縁《ふち》に当ててヒビを作り、パカッと開いた。すると、黄色いまん丸のボールのようなものが、ツルンと落ちる。

「！」

「これが卵。この白い殻《から》の中に入ってるんだ。俺と同じように、やってみな」

少女は、おそるおそる置いてある卵を手に取る。

手にしたとき、思いのほか重かったのか驚《おどろ》いていた。そして、剣がやったようにボウルにコツコツと当てる。だが、力が弱いせいかヒビが入らない。

「もうちょっと強くてもいいぞ」

剣の言葉に少女は頷《うなず》き、今度は強くぶつけた。すると……ぐしゃっと潰《つぶ》れてしまった。

「……」

「難しいよな。俺も最初は加減がわからなかった」

剣はそう言うと、両脇から少女の手に自分の手をそっと重ねて、卵を手にする。

そして……コツコツ、パカッという軽やかな音とともに卵が割れた。中から艶《つや》やかな満月のような黄身がとろんと落ちる。

「！」

「お、すごいな」

中から出た黄身は、双子《ふたご》だった。今の剣と少女のように、ぴったりとひっついて仲良くボウルの中に収まっている。

「よし、卵を入れたから次は砂糖《さとう》を入れて……混ぜる！」

「！」

剣は、仲良く並んでいた双子《ふたご》の黄身を、無残にも泡立て器で潰《つぶ》す。

その様子に、少女はちょっと悲しそうに俯《うつむ》き、伊三次は呆れた。

「おまえ……無神経なところあるよな」

「？　何がだ？」

料理をすると、集中して周りが見えなくなる剣には、黄身が仲良さそうにしているという発想は浮かばなかった。

「よし、じゃあ混ぜるのやってみるか？」

剣は、少女に泡立て器を渡す。少女は涙目だったものの、剣から泡立て器を渡されるとおずおずとそれを受け取った。そして、剣が両手で支えるボウルめがけて、泡立て器を突き立てる。

「そう、そのままぐるぐる回す」

「ぐるぐる？」

剣の言葉に応えるように、少女は細い腕をぐるぐる回し始めた。最初はおそるおそる、徐々にスピードが上がり、だんだん力もこもってきた。

「よし、その調子だ。そのまま続けてくれ」

そう言うと、剣は伊三次にボウルを預けて、再びコンロに向かう。冷蔵庫から取り出したものを見て、少女は首を傾《かし》げた。

「ミルク……二つ？」

伊三次もボウルを持ったまま首を傾《かし》げる。

調理台に置かれた紙パックは二つ。どちらも白と青のパッケージだ。

ぱっと見は同じに見えるであろう似たデザインをしている。

「惜《お》しい。片方はミルク……片方は生クリームだ」

「くりーむ？」

「ああ。ほら、卵をもう少し混ぜてくれ」

剣はそういうと鍋《なべ》のほうに向かってしまった。

伊三次と少女はよくわからないまま、ボウルの卵と砂糖《さとう》をぐるぐるかき混ぜ続ける。すると、コンロのほうから何やらいい香りが漂《ただよ》ってきた。

ホットミルクを作っているときのような、ほんのり甘い香りだ。

匂いを嗅《か》いで、少女のかき混ぜる手が止まってしまう。鍋《なべ》のほうが気になって仕方ないらしい。少女がちらちら見ていると、剣が二つの鍋《なべ》を持って近付いてくる。

そしてさっきまで少女がかき混ぜていたボウルに鍋《なべ》の中身を注ぎ込んだ。真っ白なミルクと生クリームが混ざり合い、湯気《ゆげ》を立てる。

「ほらほら手が止まってるぞー」

剣は少女を促《うなが》し、再びぐるぐるさせる。卵とミルクと生クリームが混ざり合ったら、鍋《なべ》の中身の残りを再び注いだ。

「これを混ぜる。できるか?」

少女は大きく頷《うなず》くと、両手で再びぐるぐるボウルの中をかき回した。

少女が最後の力を振り絞ってかき混ぜている間に、剣は台所であれやこれや取り出す。

そして、ボウルの中身がきれいなクリーム色になって馴染《なじ》んだら、上から小瓶《こびん》を振って何かを一滴ポツリと落とした。

「バニラエッセンスだ。いい香りがするだろ?」

剣はそう言って少女に微笑みかける。

少女は、またしても初めて聞く名前に混乱したが、ボウルから甘くて爽やかな香りがすることに気付いた。剣は鼻をすんすんさせる少女の前にボウルを置いて、しばらく香りを嗅《か》がせてやる。少女の心地よさそうな顔を見て、剣も満足し次の手順に入る。

「もうこっちのボウルは置いていいぞ」

剣はそう言うと、伊三次が持っているのとは別のボウルと漉《こ》し器《き》を手元に寄せた。

漉《こ》し器《き》はボウルのように湾曲《わんきょく》し、片手で持てるよう長い持ち手のついているものだ。

「こっちを持っててくれ」

剣は少女に両手で漉《こ》し器《き》を持たせ、その中に先ほど少女が一生懸命《けんめい》混ぜた卵と牛乳と生クリームのタネを流し入れる。淡いクリーム色の液体が漉《こ》し器《き》を通り抜けて、次々と下のボウルへ流れ落ちていく。

「……おちる？」

「ああ。いいんだ、これで。こうすると口当たりがよくなるし、固まったときの色味がぜんぜん違うんだ」

「……いろみ？」

「きれいにできるってことだよ」

「ほぁ……」

少女が感嘆の声を漏《も》らす。彼女なりに納得したらしい。

そうしている間に、液体がすべて漉《こ》し器《き》を通り過ぎた。漉《こ》し器《き》には、黄色や白い固まりがところどころ残っている。漉《こ》し器を脇《わき》に置くのとほぼ同時に、背後でオーブンの音が鳴る。

「お、温まったな。じゃあ、このタネを器に入れていくぞ」

「うん」

小さなカップに、剣と少女の二人で一緒にタネを流し入れていく。時々零《こぼ》れそうになりながら、二人でお玉を使って均等にしようと必死だった。

「……ごこ?」

「そう、全部で五個だ。ここにいる皆で分けられるな」

「うん!」

少女が伊三次や銀・銅に視線を送り、笑う。三人は、いきなり微笑まれて少し照れ臭そうに視線を逸《そ》らせる。伊三次は、並べられた器を見てニヤリと笑った。

「なあ、これって……何作ってるか聞いていいか?」

「もうわかるだろ?」

剣がそう言うと、少女は器をじっと見つめ、おそるおそる剣を見上げて、呟《つぶや》いた。

「『ぷりん』?」

「当たり!」

剣はニッコリ笑って言うと、オーブンの天板に水を張り、先ほどの液体が入った容器たちを並べていった。そしてオーブンの戸を開くと、むわっとした熱気が出てくる。

剣は少女に熱気がいかないよう前に立つ。

熱さに一瞬顔をしかめたものの、剣はすぐに容器の載った天板を手に取り、オーブンに入れた。最後に、少女と一緒に奥まで押し込むと、タイマーをセットした。

「さぁ、もうすぐ出来上がりだ」

❖

「もうすぐ出来上がりじゃなかったのか……」

伊三次がため息を吐く。

オーブンに入れて、タイマーが鳴ったら出来上がりかと、伊三次も少女も思っていた。だから、そわそわしながら、オーブンの音が鳴るのを待っていたのだ。

音が鳴り、剣がオーブンからプリンを取り出した瞬間、砂糖《さとう》と卵と牛乳の甘い香りが台所中に広がった。

剣はそこから、プリンの容器を氷水を張ったバットに入れ、粗熱が取れると――冷蔵庫にしまいこんだ。唖然《あぜん》とする少女に、「ここから、四時間待つんだ」と、無慈悲にも告げたのだった。それも、満面の笑みで。

それから四時間——

普段ならおやつタイムの時間を過ぎても、一同は居間でじっと待っていた。

伊三次、銀、銅、の三人はげんなりした顔をしているが、四時間待っていただけで、別段疲れるようなことは何もしていない。

ただひたすらに、お預けをくらったことに対する不満が漏《も》れているだけだ。

なので、剣はもし何か言われても取り合わないことに決めていた。

同じ四時間でも、少女のほうはうきうきわくわくした様子だった。剣に時間の説明を受けてから、時計を見てずっとそわそわしっぱなしだったのだ。

「よし、じゃあ最後の仕上げといきますか」

時計の針はまだ四時間より少し前を指しているが、剣は意気揚々《いきようよう》と立ち上がる。

剣がニヤッと笑いかけると、少女も立ち上がった。すっかり助手のつもりでいるのだ。

台所に着いてすぐに剣が取り出したのは、プリン……ではなく、生クリームの紙パックだ。

「……くりーむ？」

「そう。さっきとは違う使い方をするんだ」

剣は大きさの違うボウルを二つ用意し、大きいほうには氷水を張り、もう一つの小さなほうに生クリームを注ぐ。その小さいボウルにグラニュー糖をさらさらと流し入れると、氷水のボウルに入れた。

「よし、この状態で泡立てる。まず俺がやるから、ボウルをこう持っててくれ」

「！」

少女は大きく頷《うなず》き、両手で二つの重なったボウルをしっかりと押さえた。その上から、剣が泡立て器を投入し、ぐるぐる掻《か》き混《ま》ぜていく。シャカシャカとリズミカルに軽快な音が響《ひび》く。何度か掻《か》き混《ま》ぜたところで、剣が泡立て器を少女に差し出す。

「やってみるか？」

「！　うん！」

剣と交代し、泡立て器を手にした少女は、先ほどの剣の手つきを見よう見まねで再現しようと試みた。結果……あちこちにボウルの中身が飛び散りそうになった……

剣のおかげで大惨事は未然に防ぐことができたが、少女はすっかり自信を失くしてしまった。

「そうしょんぼりするな。ほら、見てみな」

剣に言われて、少女はそっとボウルの中を覗《のぞ》き込《こ》む。

そこにはただただ真っ白なクリームがあり、さっきと何も変わらないように見えた。だが、剣が泡立て器を掬《すく》ってみせると、先ほどとは違っていた。さらさらだったクリームがとろっとしている。剣は、ニヤッと笑う。

「な？　さっきよりも固まってるんだ。ちゃんと出来上がってきてるんだよ」

剣がそう言って少女の頭をぽんと撫《な》でると、少女は頬《ほほ》を真っ赤にして、再び泡立て器を握りしめた。そこから先は剣と交代で混ぜていき、少女も徐々に要領を覚えていった。そして、最後の八分立ては、少女の手番で迎えることができたのだった。

「すごいな、ほとんど俺がやるつもりだったのに。上手だぞ」

「へへへ」

剣がまた頭を撫《な》でると、少女は顔を綻《ほころ》ばせた。嬉しいようだ。

「で、このクリームどうするんだ？」

伊三次に問われて、剣は再び冷蔵庫を開けた。今度は色々取り出す。

取り出した小さめの皿に入っていたのは、カットされたイチゴだ。三角錐《さんかくすい》のような形になるように、縦にカットされている。

キッチン台の上には、透明な袋と金具。そしてコンロの脇《わき》には、小さなボウルがちょこんと置かれている。その中にはお湯と、チョコレート色のアイシングペンが入っていた。

そして最後に、先ほどから皆が待ちわびていたプリンの容器を冷蔵庫から取り出す。

「お、いよいよプリン様のお出ましか」

待ちわびたプリンの登場に、大の大人である伊三次も浮かれた声を出した。

少女と伊三次、銀に銅も、全員が見守る中、剣がそっとスプーンでプリンを押さえる。そして小さな皿を容器に被《かぶ》せ、くるんと上下逆さまにひっくり返した。そのまま皿を下にして机に置き、そろりとプリンの容器を持ち上げると……

ぷるんっ。

柔《やわ》らかなクリーム色の……天辺だけこげ茶色に染まったプリンが、姿を現した。

「プリン！」

少女が叫ぶ。昨日食べたのと同じものが、剣の手によって生み出されたのだ。

「プリンだのぅ」

「プリンですね」

「へぇ美味《うま》そうだなぁ」

口々に言う管狐《くだぎつね》たちと伊三次。

そして三人はプリンへと手を伸ばす――

しかし、その手を、剣は容赦《ようしゃ》なくはたいた。

「まだだ」

「まだなのか？」

伊三次が不満そうに言う。

またしてもお預けをくらわせる剣の手には、先ほどまでは持っていなかったクリームの絞《しぼ》り袋《ぶくろ》が握られていた。皆がプリンに見惚《みと》れている間に用意したのだ。

絞《しぼ》り袋《ぶくろ》の先端には、ギザギザになっていない丸い口金《くちがね》が取り付けられている。

剣がそれをプリンの上に当て、そっと絞《しぼ》り出《だ》すと……模様の入っていない丸いクリームが形作られた。ボールのように丸くクリームを絞《しぼ》り出《だ》すと、剣はその上にさらに絞《しぼ》り口《ぐち》を当てて、少し小さなボールのクリームを生み出した。

その形を見て、少女は目を見開く。この形には、見覚えがあった。

剣は絞《しぼ》り袋《ぶくろ》を置き、お湯につけていたアイシングペンを取り出して、上のボールに小さく顔を描いていく。最後に、二段クリームのてっぺんにカットされたイチゴをちょこんと載せて、ようやく皿を少女に向けて差し出した。

「！」

「さあできた。雪だるまプリンだ」

剣はアイシングペンなんて使ったのは初めてだった。それに加えて剣の大きな手には、あの可愛らしい雪だるまは小さくて、思うように描くことができなかった。

お世辞にも上手いとは言えない。

それでも、キラキラと輝く少女の目には、雪だるまが笑いかけているように見えていた。

少女は……嬉しいようであったが、何か足りないというように眉根《まゆね》を寄せる。

「……ない」

「何がだ？」

首を傾《かし》げる剣に対し、伊三次と銅は何か思いついたようだった。

「ははぁ……アレか」

「アレですな」

そう言うと、伊三次と銅は少女のもとに寄っていき、じろじろと雪だるまを観察した。そして、二人はイチゴとアイシングペンを手に取った。

「ここを、こう……」

「これを使えば……いかがか？」

「主様《ぬしさま》、銅、いったい何を？　剣殿も童《わらべ》もぽかんとしていますが……」

見かねた銀が声をかけると、伊三次と銅はニヤリと笑って皿を差し出す。

「！」

そこには、左右にイチゴの耳をつけて、背中にチョコの尻尾が描かれた猫雪だるまがいた。

「ねこちゃん！」

少女は、今度こそ目を輝かせた。皿をクルクル回して、色んな角度から見ている。

「そうか。猫にしたかったのか」

「ああ、昼間雪だるまを作ったときも、同じようにしてたんだ」

剣の言葉に、伊三次が答える。

「へぇ……なぁ、猫が好きなのか？」

剣が尋《たず》ねると、少女は笑顔のまま何度も頷《うなず》いた。

「そうか、猫か。でもどうして？　昔飼ってたのか？」

「……カッテタ？」

「えーと……一緒に住んでたのか？」

少女はぶんぶんと首を横に振る。

「ほん！」

「……本？」

「しろいねこちゃんがぼうけんしてた！」

剣が伊三次たちのほうを向くと、彼らは何か思い当たるようだった。

「ああ、そういう絵本があったな」

「食い意地のはった白猫が次々美味《うま》いものを求めるうち気付けば大冒険しておったという話じゃったな」

「……銅、表現に気を付けろ」

伊三次、銅、銀が、口々に言う。

「はぁ……よくわからんが楽しそうな絵本なんだな」

少女は剣の言葉に嬉しそうに頷《うなず》いた。

「でもなんでそんなの知ってるんだ？　自分で読んだのか？」

「おかあさん、よんでた」

剣は息を呑《の》んだ。少女がまた母親のことを口に出した。

昨日のように泣き出すのではないかと思ったが不思議と、今は穏やかだ。

「そ、そうか……読んでくれたのか」

「うん。でも……きたないからすてた」

そう言うと、少女は悲しそうな顔をした。その顔を見て、剣の胸にチクリと痛みが走る。

剣は慌てて目の前の皿をすすめた。

「げ、元気出せ。ほーら、白い猫ちゃんなら、ここにいるぞ」

「うん！」

剣が言うと、少女の注意は再び猫雪だるまのプリンに戻った。先ほど浮かべていた悲しそうな表情はもう消えている。ほっと息をつく剣だったが……今度は別のことが気にかかった。

ニコニコと眺めているのはいいのだが……少女は眺めるばかりで、一向にスプーンに手が伸びない。

「お、お～い……プリンがぬるくなっちまうぞ～」

声をかけても、つついても、動かない。彼女の猫雪だるま観賞会はまだ始まったばかりなのだ。美味《おい》しそうに頬張《ほおば》るところまで見届けてから自分も口にしようと思っていた剣は、未だにお預けをくらったままだ。さっきと立場が逆転したと言えよう。

そんな剣の横で、伊三次、銀、銅の三人は遠慮《えんりょ》なくもぐもぐ食べていた。

「うん、美味《うま》い」

「やはり剣殿の手作りは味わい深い」

「剣殿のお手製はやはり格が違います」

喜んでくれていることは素直に嬉しいが、剣は一番食べてほしかった少女が全然口をつけてくれないので、複雑な心境であった。

ちなみに三人の雪だるまは、各々《おのおの》がアイシングペンを使って好きな顔を描いた。意外にも一番きれいに描けているのは銅で、一番センスがなかったのは銀だった。

双子《ふたご》の狐《きつね》の差がこんなところに表れるとは……と剣は密かに思う。

「しかし、なんでまたプリンなんだ？　昨日食べさせたろう？」

伊三次が問いかける。

伊三次は剣とは短くない付き合いだが、こういったスイーツの類を作っているところはあまり見たことがなかった。彼がクリームを泡立てているところを見るなど何年振りだろうと思うほどだ。

「……昨日美味《うま》そうに食べてたから、これなら、と思ったんだよ」

なんとかあの子を喜ばせたい——そう思ってのことだった。

その目論見《もくろみ》は当たったと言える。少し思っていた形とは違うが……

「た、食べてくれないかな～？」

剣の呟《つぶや》きに、少女はぶんぶんと首を横に振る。

少女はクリームの猫雪だるまを見つめたままだ。しかし、土台であるプリンもちらちら見ている。

その様子を見て、ようやく剣にもわかった。

プリンは食べたいのだ。だがプリンを食べようとクリームを掬《すく》うと、上に載っている猫雪だるまが崩れ落ちてしまう。少女はそこまで予想して、猫雪だるまを守るために、プリンを食べることを我慢していたのだ。

「なんという……！」

いじらしさに、剣は胸が熱くなった。そして、自分が一つ大きな失敗をしていたのだと気付いたのだった。プリンの上に載せてはいけなかった……！

「いや、俺たちは普通に食ってるぞ」

「この子は手出しできないんだよ！」

伊三次の言葉を受け流し、剣は小さな皿を出した。そして、スプーンでそろりと猫雪だるまを掬《すく》い、皿に載せてやる。真っ白な皿の上に移動した猫雪だるまは、まるで雪原に舞い戻ったかのようだった。

「ゆき！」

少女は剣の服の裾《すそ》を掴《つか》んでぴょんぴょん跳ねる。

「これで、プリン食べられるだろ？」

「うん！」

少女は今度こそスプーンを手に取り、猫雪だるまを横目に見つつ、プリンとカラメルを一緒に掬《すく》った。昨日食べてその美味《おい》しさはよくわかっていたからか、初めから大きな口を開いて大胆にぱくんと口に入れる。

「!!」

驚《おどろ》き目を見開く少女に、剣はニヤッと笑ってみせる。

「どうだ、美味《おい》しいか？」

口にプリンを入れたまま、少女はぶんぶんと頷《うなず》いた。そして、待ちきれないように次の一口を掬《すく》って頬張《ほおば》る。

「昨日のプリンとこのプリン……どっちのほうが美味《おい》しい？」

「こっち！」

「そうかそうか。こっちのほうが美味《おい》しいか、うんうん」

少女の無邪気な笑みに、剣の頬《ほほ》が緩《ゆる》む。

剣の満足そうなにやけ顔を見て、伊三次はあることに気が付いた。

「剣、おまえ……もしかしてコンビニプリンを美味《おい》しいって言われたのが悔しかったのか？」

伊三次の問いかけに、剣はにやにやしたまま、黙《もく》して語らなかった。

おそらく、肯定ということだろう。

「はぁ……知る人ぞ知る名料理人が、コンビニ商品にやきもちとは……」

「コンビニのメニューだってプロが考えたんだぞ。いわばライバル。負けたくはないさ」

「わかったわかった」

大人二人が不毛な言い争いをしている間に、少女はプリンをすべて掻《か》き込《こ》んでいた。

剣はニコニコして見つめる。

「美味《おい》しかったか？」

少女はぶんぶん音が鳴りそうなほど頷《うなず》いた。

「うん、そりゃそうだ」

「なんだよ、自慢げに……」

呆れたように言う伊三次に、剣は強めに言い返す。

「自慢じゃない。俺が言いたかったのはだな……自分で作ったものは一段と美味《うま》いだろうってことだ」

「……ああ」

剣の言葉に、伊三次は仕方なく納得する。

意味を理解しかねている少女に、剣は視線を合わせて穏やかな声で言った。

「このプリン、俺だけじゃなくておまえや伊三次も一緒に、頑張って作ったろう？　ほら、卵や牛乳を混ぜたり、クリームを泡立てたり……頑張ったよな？」

「……うん」

「そうやって頑張った分、他の人が作ったものよりも、ずっとずっと美味《おい》しくなるんだ」

少女はその言葉を噛みしめて、皿と剣とを見比べる。

そんな少女に、剣は再びニッと笑いかけてから立ち上がった。

そして台所の隅に置いていた袋を手にする。伊三次が買ってきてくれたものだ。

銀と銅は同行していなかったため中身を知らず、顔を見合わせている。

剣は袋の中から、一冊の本を取り出して少女に見せた。母親が渡したという絵本よりも随《ずい》分《ぶん》と薄い本だ。あの絵本よりもずっとカラフルで、絵と写真が多く載っていた。

おそるおそるページをめくっていた少女だったが、次のページ、次のページとめくるたび、その手が止まらなくなっていく。

その本の表紙にはこう書かれていた。

『おやこで楽しむカンタンおりょうり』

本のページをめくって、それが何について書かれているものか、少女も理解したようだ。

剣をじっと見つめる少女の手を、剣は両手でそっと握った。

「これから、いっぱい美味《おい》しいものを食べよう。俺が食べさせてやる。そして……それと同じくらい、一緒に美味《おい》しいものを作っていこう」

「……！」

剣の掌《てのひら》の中に、ぽかぽかと温もりが広がる。それが目の前の少女の温もりであると、剣にはすぐにわかった。おなじくらい、ほっぺたが温かそうに真っ赤に染まっていたからだ。

少女は、頷《うなず》くより先に目にいっぱいの涙を浮かべる。

「あ、あ……ああああ……！」

そして、涙を流すのと一緒に、大声で泣きじゃくった。

剣は思わずぎょっとした。しかし、そんな剣の肩を、伊三次が後ろからポンと叩く。

「子どもはな、嬉しくても大泣きするんだよ」

伊三次の言葉を肯定するように、少女がぎゅっと剣の胸にしがみついてきた。小さな細い腕のどこにこんな力があったのかと驚《おどろ》くほど強く固い。

剣は引き剥《ひは》がそうとはせず、そのまま背中に手を回して抱きしめた。

その様子を見て、伊三次は諦《あきら》めたような、呆れたような、嬉しいような微笑みを浮かべる。

「よかったな。え〜と……なんて呼べばいいんだ、この子？」

「名前は結局わからなかったんだ」

伊三次の問いかけに剣が答える。

「では剣殿が決めてやればよかろう」

「私も、そのように思います」

銅と銀が、揃って頷《うなず》いた。

「……ああ、そうだな。実はちょっとだけ考えてたんだ」

「なんだよ、ノリノリじゃないか」

「なんという名で？」

「なんという名ですか？」

伊三次、銅、銀が期待に満ちた目で剣の顔を覗《のぞ》き込《こ》む。剣は、胸にしがみつく少女ともう一度視線を合わせて、少女に向けて告げた。

「『ハル』……悠久《ゆうきゅう》の『悠』で『悠《はる》』。これから、長い長い人生を過ごすからな」

少女は……いや、悠は、まるで昔からその名だったように、剣に名を呼ばれて、嬉しそうに微笑んだ。

第四章　はなさくポトフ

食べるってこわいって思ってた。

かたい、いたい、からい……いろんなことをがまんしなきゃいけないと思ってた。

だけどちがった。

がまんなんていらなくて、ただ口にいれるだけであったかくて、柔《やわ》らかい、おいしいものなんだ。

あまかったり、しょっぱかったり、ちょっぴりからかったり……

でも全部こわくなんかない。

もっと、なかよくなりたいって思ったんだ。

❖

……温かい。

目覚めた剣が第一に感じたことが、それだった。

年が明けてしばらく経ったとはいえ、外は雪がちらつく真冬。しかも時刻は明け方。ほんの少し空気を吸い込んだだけで体の芯から凍り付いてしまいそうな気温だ。

冷え込むのは、季節のせいだけではない。

主《あるじ》が亡くなって三年。家の中は一気に冷え切ってしまった。剣という住人がいても、毎日台所で料理をしていても、どれほど部屋を温めても、剣の胸の奥はずっと冷たいままだった。それはもはや誰にもどうにもできないと思っていた。だがどうしたことか、今は温かい。

剣は陽だまりに体を投げ出しているかのような心地よい温もりに包まれていた。

ぼんやりとした頭でも、その理由がすぐにわかった。剣の側でうずくまる存在のおかげだ。

小さな体をさらに小さく丸めて、剣の腕にしがみついている。それは寒さからなのか、これまでの暮らしで感じていた孤独の反動なのか、わからない。

この子は……悠は、心穏やかに眠れているのだろうか。出会って一か月ほどが経とうとしている今でも、剣は案じている。

悠はいつもこうして剣の側で寝たがる。幼児とはいえ女の子だからと剣が遠慮《えんりょ》しても、悠は絶対に剣の布団に潜り込んできてしまうのだった。

なりゆきで家に連れ帰り、食事をともにし、今こうして一緒に生活を送るようになったが、果たしてそれでよかったのか。

剣は、自分の側で縮こまって眠る悠の姿を見て、毎朝、毎晩、迷う。迷うものの、悠が静かな寝息を立てているのを見ていると、まぁいいかと思ってしまうのだ。

それがいいのか悪いのか、わからないが、この家に来たばかりの頃、悠が毎晩夢を見て泣いていたことを思えば、今はきっと少しは幸せだろう。剣は、そう思うことにしている。

「むにゃ……」

ふと、悠が何か呟《つぶや》いた。かと思えば、口がもぐもぐと動いている。

「もしかして……夢の中で何か食べてるのか？」

剣が思わず尋《たず》ねると、悠は答えず、まだもぐもぐしている。

どうやら、当たりのようだ。剣は噴《ふ》き出《だ》したあと、笑い声を懸命《けんめい》に噛み殺した。大声を出しては、悠が起きてしまう。まだ日が昇り切らない、起きるには少し早い時間だ。

剣はそっと布団を整えてやり、次いで自分も布団を被《かぶ》りなおして、もうひと眠りしようと体を横たえた。

そのときだった。足元に、違和感《いわかん》を感じる。

「……ん？」

正確には足元ではない。もっと上。自分の太もものあたりだ。

温もりが逃げないように気を付けながら、そっと布団を覗《のぞ》き込《こ》むと、違和感《いわかん》の正体はすぐに判明した。

「……あ」

すると、剣の声と同時に、ぱちりと悠の目が開く。剣はしまったと思ったが、もう遅い。起きた瞬間に、悠も違和感《いわかん》を覚えたらしい。剣と同じように布団の中を確認し、剣の顔を見て……青ざめる。

「ご、ごめ……なさい……」

「ああ、気にするな。その……誰でもあるから」

そう言うと、悠は俯《うつむ》いてしまった。恥ずかしさと申し訳なさがない交ぜになっているのだろう。悠の腰あたりを中心に、布団には大きな染みができてしまっていたのだった。

❖

ぱん、ぱん、ぱん……広い庭に、大きな音が響《ひび》き渡る。

屋外用の布団干しスタンドに敷布団をかけてはたくと、剣は隣の物干し台に移った。足元に置いてある洗濯かごには、洗ったばかりの洗濯物がぎっしり詰まっている。

まず一番大きな、真っ白なシーツをかごから取り出し、物干し竿にかける。洗いたてで水分を含んだシーツがずっしりと重い。洗いたての香りが、剣を爽やかな気分にさせた。

空は快晴。真冬だというのに日差しが強く、着こんだら少し熱いほどだ。これならばすぐに乾《かわ》くだろう。剣は、晴れた日の洗濯は夏でも冬でも好きだった。剣の主《あるじ》が、気持ちよさそうに洗濯していたからだ。

剣が気持ちよくシーツを干している様子を、悠は障子《しょうじ》の陰《かげ》からびくびくと見つめていた。おねしょが発覚してからずっと、悠はおそるおそる、剣をうかがっている。いつ怒られるかと怯《おび》えているようだ。

そんなことはしないと伝えるために、剣はちょいちょいと手招きをした。洗濯ものを干す手伝いでも頼めば、少しは罪悪感も薄れるだろうと思ったのだ。

悠はそろりそろりと、手招きに応じて庭に下りようとする。そのとき、庭とは反対側……玄関のほうから声が聞こえた。

「おーい、剣！　来たぞー」

毎度おなじみの声だ。声の主《ぬし》は一声かけると、勝手知ったる……というように、ずかずか上がってきた。

「おう、剣。お邪魔さん」

悪びれもせず、片手を上げてにかっと笑う伊三次が、そこに立っていた。

背後には、銀と銅もいる。

「伊三次……いつも急だな」

呆れつつ、剣が言う。

伊三次はいつも連絡もなしに剣の家にやってくる。

一応きちんと剣が家にいる頃を見計らってやってくるが、おそらく外出中に来たとしても、こうして勝手に上がりこむのだろうと思われる。伊三次だからこそ、剣はそれを許しているのだが。

「なんだよ、渋《しぶ》い顔して。頼まれてたもの、持ってきたってのに」

伊三次はそう言って、手に提《さ》げている紙袋を見せた。テレビのCMでよく見る、大手の子ども用品店のロゴが描かれている。

「ありがとう。色々すまんな」

「おつかいの品を見せた途端、これだよ。現金な奴だな。礼を言うなら、茶の一杯ぐらい出してもらいたいもんだね」

「はいはい。これ全部干したらな」

剣はそう言って、物干し竿がある庭に戻る。

伊三次と銀、銅も剣を追って縁側から顔を覗かせる。

「なんだ、洗濯の途中だったか。えらい大きいものが干してあるな……って、ああ……」

伊三次は物干し竿に干してあるものを見て、事情を察したらしい。伊三次の視線が悠に移ると、悠は俯《うつむ》いてしまった。

「おお、これはなかなか立派な地図じゃのう！　童《わらべ》よ、おぬしが一晩で描いたのか？」

気まずそうな空気を、銅の陽気な声が切り裂く。

カラカラ笑う様には悪意など微塵《みじん》もないが……言われた当人は、耳まで真っ赤にしてさらに俯《うつむ》いてしまった。難しい言い回しはよくわからないが、からかわれたことだけは、わかるのだろう。

陽気な笑い声は、双子《ふたご》の片割れから飛んできた拳骨《げんこつ》によって止められる。

「何をする、銀！」

「あの子の顔を見ろ」

「何を？　童《わらべ》の顔……おぉ！　な、泣いておるのか⁉」

大袈裟《おおげさ》なほど驚《おどろ》く銅から顔を背け、悠は居間をあとにして、とことこと走り去ってしまった。

「あーあ、傷つけた」

「幼くとも女《おなご》は女《おなご》だ。不調法な」

伊三次と銀に立て続けに言われ、銅はさすがにおろおろしている。

「まぁ、一番最初に上手くフォローできなかったのは俺だから。これが初めてじゃないし、いちいち気にしなくていいのにな」

剣はそう言うと、悠が朝着ていたパジャマをハンガーにかけた。

「こうしてお日様にあてればシミにならないし、すぐ乾《かわ》く。夜には何事もなかったように眠れるんだがなぁ……」

剣はため息が悠に聞こえないように、わざと大きな音を立ててハンガーを物干し竿にかける。

「気にするなってほうが無理だろ。実の親子でも気にするんだからな」

「そうなのか？」

「当たり前だ。この前まで赤の他人だったんだぞ。おまえ、見ず知らずのお宅に厄介になって、自宅みたいに自由に過ごせるか？　ましてや、おねしょをして平気な顔していられるか？」

伊三次にそう言われ、剣の手がぴたりと止まった。確かに、伊三次の言うとおりだ。

悠が自分に懐《なつ》いてくれているからといって、いきなり寛《くつろ》いで甘えてほのぼのする、といったことができるはずがない。悠と剣は、出会ってまだひと月ほどなのだ。

「俺って奴は……うっかりしてた。あの人が、けっこう最初からぐいぐいきてたから」

「あの人って、剣の前の主《あるじ》のことか？　あの人はまぁ、距離を詰めるのが上手いし、大人だったからな。でも悠は子どもで、人付き合いというものをろくにしてないぞ」

「まったくもってそのとおりだ」

剣は、悠の服を手にしたまま、項垂《うなだ》れる。

家族になるとは、生活をともにすること。生活とは、食事だけではないのだ。寝ることも、学ぶことも、遊ぶことも、失敗することも、すべてが生活。

それなのに、剣は食事に特化しすぎていて、いざ面倒を見るとなると、やはり他のことはまるでダメなのだと気付いてしまった。

剣の主《あるじ》には娘が一人いて、主《あるじ》は彼女を立派な料理人に育て上げた。いったい自分には何が足りないのだろうか。足りないことだらけなのは明らかだが、何が足りないのかすら、見当が付かない。剣は思わずため息を吐く。

自分が付喪神《つくもがみ》であり、人間とは違うからなのだろうか。

「やっぱり、俺には無理なんだろうか……」

剣は、ぽつりとそんなことを零《こぼ》してしまう。

大きな図体の男が縮こまって情けない声を出す様は、はた目には見ていられないものだった。伊三次は咳払いして目を逸《そ》らす。

「まぁどんな仲良し親子だって苦労の一つや二つある。親子の道は一日にしてならず……ってことだ」

偉そうに言う伊三次に、剣は眉根《まゆね》を寄せたが、言わんとすることは理解できた。

「まぁ、励ましはありがたく受け取っておく」

項垂《うなだ》れていても仕方ない。剣がひとまず洗濯物を干すのを続けようとした、そのときだった。ガチャンと音がする。

「なんだ？」

音がしたのは台所のほうだ。

剣は伊三次たちを追い越して、台所へ向けてまっしぐらに走った。

台所にドアはない。入り口にかけてあるのれんを勢いよくめくると、震《ふる》えて立ち尽くす悠の姿が剣の視界に飛び込んできた。先ほどと同じように青ざめている。

どうしたのか、尋《たず》ねなくともわかった。床にはまだ湯気《ゆげ》の昇る熱いお茶と、それを入れていたのであろう急須《きゅうす》が転がっていた。

「お茶を淹《い》れようとしてくれたのか？」

「……おきゃくさん……お茶……」

悠はそう言って、ちらりと伊三次たちを見る。伊三次たちの胸がチクリと痛む。

「こいつらはお客じゃないから気にしなくていいのに……」

「おいおい」

そうは言うものの、剣はいつも伊三次たちが来るとお茶を振る舞っていた。

それにさっき伊三次からお茶を要求され、一応承諾《しょうだく》していた。それを自分がやろうとしたんだろうか。いずれにせよ、悠はお茶を淹《い》れようとして、失敗したようだ。急須《きゅうす》は床に激突した衝撃で割れてしまっていた。

「ああ、割れちゃったのか……」

剣の視線が割れた急須《きゅうす》に向けられる。それを咎《とが》められていると思ったのか、悠はおそるおそる破片に手を伸ばす。

「ダメだ、拾うな！」

悠の肩がびくっと震《ふる》えた様子を見て、剣はしまったと思った。だが致《いた》し方《かた》ない。

おそらく悠は片付けなければと思ったのだろう。割れた陶器の破片が尖っていて危ないと、悠は知らない。怪我《けが》をする前に止める必要があった。

だが、いきなり怒鳴ってしまったのは、まずかった。

「けん……ごめ……なさい……」

「いや、大きい声出してごめんな。これは危ないから、不用意に触っちゃダメって意味で……」

必死に取《と》り繕《つくろ》おうとするが、悠の目尻《めじり》にじんわりと涙が浮かぶ。

剣は何を言えばいいのかわからなくなってしまった。慰《なぐさ》めるのが先か片付けるのが先か、それすらわからずおろおろしていると、横合いから、ずいと軍手が差し出される。

「ほれ、まずは片付けだろうが」

そう言ったのは、伊三次だった。軍手は居間の引き出しに入れていたものだ。

剣は伊三次に心の底から感謝した。

「悠、こういう割れたものに触るときは、必ずこの手袋をつけるんだ。ちょっと触っただけで、怪我《けが》しちゃうからな」

「けが？」

「そう、血が出るんだ。ほら、ちょっと前まで足とか手とか、血が出て痛かっただろう？あれと同じになるんだ」

悠は少しの間を置いて、ぶんぶん頷《うなず》いた。どうやら、あの痛みを思い出したらしい。剣から軍手を受け取ると、ぶかぶかの大人用サイズの軍手の中に、手の指を通していく。

折よく、銀が手に道具を持って現れた。

「剣殿、箒《ほうき》とちりとりを持ってまいりました」

「ありがとう。じゃあ悠、これを使って、割れちゃったものを片付けよう。ゆっくりな」

悠は頷《うなず》くと、大きな破片から順番に拾い上げる。

破片には、鮮やかな桜の柄《がら》が描かれている。どの破片を取っても桜の花びらがひらひら舞っていた。剣はそれらをじっと見つめながら、一つ一つゴミ袋に収めていく。

すべて拾い終えると、悠はぷるぷる身を震《ふる》わせ、嗚咽《おえつ》を漏《も》らし始めた。

「う……ううぅ……」

「あ、あのな……怒ったんじゃなくて、怪我《けが》をしないようにだな……」

剣のそんな言葉すら、もはや耳に入っていないようだ。

「お茶……できない……！」

「は、悠……お茶なら淹《い》れ直《なお》せば……ああ、急須《きゅうす》がないのか。ええと……そ、そうだ！　買いにいこう！」

剣は居間に向かい、紙袋を掴《つか》んで戻ってくる。

今できうる最善の策はこれしかないと思ったのだ。手にしているのは、先ほど伊三次が持ってきてくれたおつかいの品だ。

ガサガサと大きな音のなる紙袋をきょとんとしながら悠は見つめる。すると、剣は袋から色々なものを引っ張り出した。

「……およようふく？」

「そう。伊三次たちに買ってきてもらったんだ」

剣は伊三次たちに頼んで買ってきてもらった洋服を手に持つ。悠の目がぱちくりと見開かれ、上から下までじっくりと洋服を見回している。

一緒に暮らすようになってから、悠の体調を慮《おもんばか》って外出は控《ひか》えていた。そのため着替えはあっても、外出着は持っていなかったのだ。

そろそろ必要かと思っていたが、剣は子ども服のトレンドなどまるでわからない。そこで、世情に明るい伊三次に一任したのだ。しかも伊三次には管狐《くだぎつね》たちという頼もしい部下までついている。きっと可愛い洋服を見繕ってくれると剣は信じていた。

悠の瞳《ひとみ》が輝きだす。剣の期待は、大当たりだったようだ。

「ねこちゃん！」

袋に入っていたのは、猫の柄《がら》の服やコート……悠が好きそうなものばかり詰め込まれている。

「そうだ、猫ちゃんだ。可愛いな」

「うん、かわいい！」

「じゃあそれを着て、一緒に買い物に行こう」

「お外⁉」

「そうだ。商店街とか、色々行こう」

剣の提案に、悠の瞳《ひとみ》がキラキラと宝石のように輝いた。先ほどまでの沈んだ空気は、すっかり消えてしまった。

「よーし、じゃあお着替えしよう。部屋に行こうな」

「うん！」

剣が言うと、選んでもらった可愛いお洋服を抱きしめ、悠はうきうきと軽やかな足取りで部屋に向かう。その後姿を見て、剣はほっと胸を撫《な》で下《お》ろした。

そんな剣の肩を、伊三次がぽんと叩く。

「よかったな。とりあえず忘れてくれて」

伊三次の自分のおかげだと言わんばかりの表情に、剣は眉をひそめかけるが我慢する。

悠があのように元気を取り戻したのは、確かに伊三次の働きのおかげなのだから。

「片付けはやっとく。今日の飯は期待してるぞ」

そう言う伊三次の声は、なんだか浮かれていた。

❖

洗濯物を干し終わり、悠と剣は外に出た。

今日の空は澄み切った青で塗《ぬ》り潰《つぶ》されている。空気が澄んだ日は、体の芯から冷える。だが肌寒さは確かにあるものの、日差しが降《ふ》り注《そそ》いでいるので、それほど辛くない。しかも、日差しは正午を過ぎるにつれてどんどん強くなっていった。

剣は、手持ちの中でも厚手のコートを着込んできたことを後悔する。毎日底冷えする日々が続いていたものだから、温かくせねばと思ったのだ。

剣の隣を歩く悠は、先ほどからずっと軽やかな足取りだ。銀が洋服を丁寧に着せてくれ、銅が髪を可愛く結ってくれたから、一気にご機嫌になった。

伊三次が持ってきてくれた袋の中には普段着る服が数着と、コートなどの防寒着が一式にブーツも入っていた。悠はその中からピンク地に猫のマークがプリントされたセーターとスカートを選んだ。

それらを着てから、足にはタイツ、服の上からコートを羽織ればお出かけスタイルの完成だ。コートは、これまたフードが猫耳仕様になっているという念の入れようだった。

悠は、以前読んだ絵本の影響か、色々な柄《がら》の中でも猫の柄《がら》がことのほか好きなようだ。こういうことを少しずつ知っていくのも、伊三次の言う『親子の道』なのだろうか。

剣はしみじみ感じる。

「悠、嬉しそうだな」

「うん」

「何が嬉しい?」

「うーん……おでかけ!」

剣の問いかけに、悠が楽しそうに答える。

このひと月ほど、悠が家から出るのは、庭ぐらいのものだった。

実はお出かけをしてみたいと思っていたのだろうか。お出かけしただけでこれほど喜ぶとは、剣は思ってもみなかった。

「お出かけ以外にも、まだまだ楽しいことはあるぞ。これからどこへ行くと思う?」

「おかいもの?」

「そう。なんの店に行くと思う?」

剣の問いに、悠は真剣に唸《うな》って考える。

いつもは夕方頃になると剣が買い物に行くか、伊三次たちが買い出しをしてきてくれる。

何がどういった店で売られているか、悠はきっと知らないだろうから、少し難しい質問だったかと剣は思った。悠は顔を上げても、まだ唸《うな》っている。

「うーん……？」

「これから行くところは、色々なお店があるところなんだ」

「たくさん？」

「そう、色んなものがあるんだ。楽しみだろう？」

「うん」

「よし、じゃあ今日はいっぱい見て帰ろうな」

「うん！」

真っ白な頬《ほほ》を赤く染めて、悠は頷《うなず》く。剣が手を差し出すと、毛糸のミトンに包まれた小さな手が、迷いなくその手を掴《つか》んだのだった。

❖

商店街は剣の家から徒歩十分ほどの場所にある。

何十年とそこに様々な店を構え、新しい店舗を迎えては、着々と大きくなっている。

住宅街の近くにはスーパーマーケットもあるのだが、そちらに負けじと商店街一丸となって商売に励んでいるのだ。精肉店に鮮魚店に青果店に和菓子店、酒店、そして今剣たちが覗いている雑貨店なんかもある。

「ほら、ここだ。すっごくたくさん商品があるだろう?」

店の戸をくぐった途端、悠は言葉を失くして店内をぐるぐる見回していた。

そこでは店の外にも掃除用具《そうじようぐ》から食器から色々なものが展示されていたのだが、店に入ると予想をはるかに上回る品々《しなじな》が悠を出迎える。

剣は日用品を買いに度々立ち寄るので今更驚《おどろ》きはしないが、初見の悠にとっては未知の世界だったのだろう。まるでお城の宝物庫《ほうもつこ》に入ったかのような顔だ。

「おや、剣さん。いらっしゃい」

店の奥から声をかけてきたのは、長年この店を営んでいる店主だ。

剣や剣の主《あるじ》、その父の代からずっと世話になっていると聞いている。高齢の男性で、目には老眼鏡を常につけているが、重い箱を抱えてあちこち動けるほど丈夫だ。今も店の奥から在庫の段ボールを抱えて出てきた。

「俺が持ちますよ。無茶しないで」

「なんの、年寄り扱いせんでくれよ」

「十分お年寄りですよ」

本当のところ、付喪神《つくもがみ》である剣のほうが年は上なのだが、見た目はまだまだ働き盛りの成人男性なので、そのように言っている。

剣は、こういった高齢の方がやっている店で力仕事を手伝うこともままあるのだった。

出会った当初、店主の剣に対する印象は、『女性一人住まいの家にいきなり現れた若い男』であった。そのため相当訝《いぶか》られたものだったが、こういったお手伝いを積極的に行った結果、今のような良好な関係が築けたのだ。

剣と店主が軽口を叩き合いながら笑っている様を、悠は戸惑《とまど》いつつもじっと見つめている。

その視線に、店主も気付いた。

「おや、この子は……」

老眼鏡の奥の大きな瞳《ひとみ》が光る。悠は、思わず剣の後ろに隠れた。

「いったい、どうしたことだ？　どこから連れてきた？」

「そんな誘拐犯《ゆうかいはん》みたいな言い方……」

「いやだって剣さん、結婚したそぶりもないし。いつの間にこんな大きな子こさえたんだ」

「や、やめてくださいよ、そんな……」

店主の追及にどう答えるか困っていると、剣の足に強い感触がする。

悠が、剣の足をぎゅっと掴《つか》んでいたのだ。剣は悠に視線を向けるが、俯《うつむ》いた悠がそれを見返すことはない。そんな悠を見て、店主は口をつぐんだ。

「あ〜、すまんかったね。今日は、何を探しにきたんだ？」

「あ、ああ。急須《きゅうす》をね……」

店主があからさまに話題を逸《そ》らしてくれたので、剣は助かったと思い、それにのる。

悠の手をそっと取って、瀬戸物《せともの》が置いてある一角に歩いていく。

「急須《きゅうす》ね。前のはどうした？」

「それがその……割れちゃって」

つないだ手がびくりと震《ふる》える。剣は悠の手を強く握りしめ、安心させようとする。

「割れたかぁ。まぁ古いものだったからな。あの子が気に入って買っていったんだったな」

『あの子』とは、剣の主《あるじ》を指す。この店主にとっては、主《あるじ》は小さな頃から接していた女の子なので、未だにそう呼んでしまうのだ。

「そう……だったんですか？」

「ああ、あの子が小学生くらいのときに父親と一緒に来たんだ。父親は別のを買おうとしてたんだが、これがいいとずーっと言い張って、父親を根負けさせてたよ。普段は大人しい子なのに、いやはや、あの日だけは頑固だったなぁ」

「確かに。あの人、頑固なときはとことん頑固でしたね」

「だろう？　だけどまぁ割れちまったか……月日には敵わないってことだな」

店と同じだけのときを過ごしてきた老人は、遠い目をしてそう呟《つぶや》いた。

主《あるじ》の葬儀《そうぎ》には、商店街の人々も参列した。無論、この店主も。皆、主《あるじ》を幼い頃から可愛がってくれていたのだ。剣とはまた違ったやりきれなさを、一様に抱いているようだった。

「まあ、割れちまったものは仕方ない。新しいのをまた大事にしてくれ」

「そうですね。そうだ、次のは悠が選んでくれないか？」

急に名を呼ばれ、悠は驚《おどろ》いて剣を見上げる。何故《なぜ》か、急須《きゅうす》を割ってしまったときと同じような顔をしている。

剣はその表情を変えようと、何か悠の気に入りそうな絵柄はないか探した。

「これなんかどうだ？　ほら、猫さんがいるぞ」

比較的新しいものを、剣は手に取る。陶器の黒い急須《きゅうす》だ。側面には白猫のしなやかなシルエットが描かれている。猫の柄《がら》が好きな悠にうってつけだった。だが、悠は首を横に振る。

「これ」

そう言って悠が指さしたのは、猫の姿などどこにもない、桜の花がいくつか散った絵柄の急須《きゅうす》だった。どちらかというと、割れてしまった急須《きゅうす》の柄《がら》と似ている。

「これ……でいいのか？　猫じゃなくて？」

悠はコクリと頷《うなず》いた。

「まぁ確かにきれいな柄《がら》だけど……」

悠はまたも頷《うなず》いて、何も言わなかった。猫の急須《きゅうす》のほうには目もくれずにいる。

剣は店主と目を見合わせたが、お互いに首を傾《かし》げるばかりだった。

「まぁこっちもいい柄《がら》だし、丈夫だ。お嬢《じょう》ちゃんは目の利《き》く子だな」

そう言って店主は悠の頭を撫《な》で回《まわ》したが、悠はきゅっと口を引き結んだまま俯《うつむ》いていた。

「じゃあ、これをください」

「あいよ」

困ったように、店主は急須《きゅうす》を梱包《こんぽう》する。会計を済ませて品を受け取るまで、剣は何度か悠に心変わりしていないか確認したのだが、悠は、頑《がん》として桜柄《さくらがら》を選んだ。

そして店を出るまで、一度もあの猫の急須《きゅうす》を振り返ろうとしなかったのだった。

❖

来たときと打って変わって、悠の足取りはとぼとぼと、しょんぼりしたものになっていた。

先ほど急須《きゅうす》を選んでからだ。あの店を出て以降、悠はずっと俯《うつむ》いたままだった。

あの店を出て、色々な店を覗いているが、一度も目を輝かせることがない。あれだけ楽しみだと言っていたというのに。剣は、いきなり色々と連れ回しすぎたかと反省した。

「ごめんな。疲れたな。あと一軒で終わるから」

悠は小さく頷《うなず》くものの、無言だった。

(参った……こんなとき、なんて言えばいいんだ)

剣は、思わずため息を吐く。こんなときに主《あるじ》がいれば、などと考えてしまった。あの人がいたなら、きっと悠とうまくコミュニケーションをとってくれただろうにと。

そう思ってしまった自分に気付き、剣は頭《かぶり》を振る。

「何を馬鹿なことを考えているんだ俺は……」

剣は自分でも驚《おどろ》くほど、するりと言葉が零《こぼ》れ出《で》た。

(あの人はいない。今、悠の隣にいるのは、俺だ)

剣は自分の手を握りしめる小さな手を、そっと握り返す。

「大丈夫。次に行く店の人もとっても優しいから安心だ」

その言葉に、悠がようやく顔を上げる。

剣を見上げる視線は不安げだ。剣は力強く頷《うなず》いて、しっかりと手を握りしめて歩き出した。

❖

赤、緑、黄色……色とりどりの野菜が、プラスチック製のザルに載せられ、店の前にずらりと並んでいる。それぞれの野菜の山には手書きの値札がついており、力強く安さを訴えかけてくる。

「あの店は青果店……『八百屋さん』ともいうな。野菜をたくさん売ってるんだ。あそこで野菜を買ったら買い物は終了だ」

「……やさい……」

悠の手に再びぎゅっと力がこもった。かと思うと、そろそろと剣の背後に隠れようとしている。そのとき、店先に出てきた還暦手前ほどの男性と、悠の目が合う。

「お？」

男性が不思議そうな視線を向けると、悠は瞬時に剣の後ろに隠れた。

「こんにちは」

「おお、なんだ剣さんか」

そう言った男性の口調は、ぶっきらぼうだ。よく日に焼けて逞《たくま》しい腕やぴんと伸びた背筋が、若々しい。この男性も、雑貨店の店主同様、老いをものともしない人種だ。

そして、不要なお喋《しゃべ》りをしない寡黙《かもく》なこの老人の性質を、剣は好ましく思っていた。

しかし、先ほどから店主の視線は悠に向いている。剣が小さな少女を連れているという事態は、普段私情に干渉してこない店主でも、さすがに無視できないようだ。

店主はじぃっと悠の顔を覗《のぞ》き込《こ》み、くるりと踵《きびす》を返した。かと思うと、すぐに何かを手にして戻ってくる。そして悠の目前まで迫り、声をかけた。

「お手伝いか？」

その低い声の響《ひび》きに、悠は身を固くしつつもかろうじて頷《うなず》く。

「そうか」

そう言うと、店主は持っていた箱を悠の前に差し出す。

「飴《あめ》、持っていきな」

「あめ？」

「頑張るいい子には飴《あめ》をあげることになってる。ほら、好きなの取れ」

突然の展開に、悠の頭は追いつかないらしい。そっと剣の顔をうかがう。

剣が頷《うなず》いたことで、ようやく飴《あめ》をもらっていいのだとわかったらしく、おずおずと箱に手を伸ばした。がさがさと飴《あめ》を選別し、一つ選ぶ。掌《てのひら》に載る飴《あめ》を見て、悠の顔がぱっと綻《ほころ》んだ。

急に紅を差したように赤くなった頬《ほほ》で、剣に向けて微笑む。

「よかったな。こういうときは、ちゃんとお礼を言わなきゃ」

「えーと……ありがとう！」

元気な声でそう言う悠に、店主は笑って頭を撫《な》でる。悠はその感触を嬉しそうに受けている。そして、持っていた飴《あめ》を剣に向けてそのまま差し出した。

「え？　俺にくれるのか？」

悠は、力強くこっくりと頷《うなず》く。早く受け取れと言わんばかりの笑みだ。今度は、剣が戸惑《とまど》う番だった。

「なんで俺に？」

「これ、がんばる人がもらえるって言ってた」

「だから悠がもらえば……」

「けん、いつもお買い物行ってる。お洗濯してる。お掃除《そうじ》してる。お料理してる」

悠はもう一度ぐいっと飴《あめ》を突き出す。

「こんな小さい子の厚意《こうい》を無下にする気か」

「ええ……」

店主が悠に加勢し、受け取らないほうが悪いという空気になった。

そうは言っても、幼子がもらった飴《あめ》を剣がもらうわけにもいかない。剣がどうしたものかと頭を抱えていると、低い唸《うな》り声が聞こえた。

「いい子だ……こんないい子、見たことない」

なんと、店主が目頭を押さえてしみじみ呟《つぶや》いているではないか。唸《うな》り声ではなく、嗚咽《おえつ》だった。そして軽く目頭を拭《ぬぐ》うと、店先に吊《つ》るしていたビニール袋の束から一枚抜き取り、箱に入っていた飴《あめ》を全部入れる。そして、迷いなく悠に差し出した。

「持ってけ。ものすごくいい子だから大サービスだ。剣さんも、これでその飴《あめ》、受け取れるだろ？」

「はぁ……じゃあ、遠慮《えんりょ》なく」

剣はおずおずと、小さな掌《てのひら》から飴《あめ》を受け取る。すると、ぱっと弾けたように悠が笑った。

「じゃあこっちはお嬢《じょう》ちゃんに、だ」

飴《あめ》でいっぱいの袋を受け取ると、悠の唇《くちびる》から「ほわぁ」という感嘆のため息が漏《も》れた。

「よかったな。悠がいい子だから、もらえたんだな」

剣がそう言うと、悠がはっと何かに気付いた。そして店主に向けて、深々と頭を下げる。

「ありがとう！」

悠から発せられた言葉は破壊力が抜群で、店主はさらに目頭を押さえる。

「ああ、もう……！　今日はなんだ。何を買いにきたんだ？」

涙と格闘している店主から目を逸《そ》らし、剣は店先に並ぶたくさんの野菜のほうを向く。

「ええと……そうだな。今日のおすすめは何かあるかな？」

「おすすめ……そうだな」

仕入れによって、その日一番いいものを勧《すす》めてくれるのだが、今日に限って、店主は何故《なぜ》か黙《だま》り込《こ》んだ。いつもなら即答するのに、と剣が思うと、店主は悠の顔と野菜を見比べて唸《うな》り出す。睨《にら》んでいるように思ったのか、悠は再び剣の背後に隠れた。

「カボチャはどうだ。甘いぞ」

「ああ、そうだな。煮物にするか」

そう言って、剣はちらりと足元の悠を見る。すると何故《なぜ》か悠は硬直していた。

「悠？　どうした？」

剣に呼びかけられてようやく硬直を解《と》いた悠だったが、やはり首をふるふる横に振って隠れようとする。

「嫌い……だったかな？　じゃあカボチャはやめとくよ」

「そうか……じゃあ白菜はどうだ？　どんな味とも馴染《なじ》む」

「そうだな。今の時期なら鍋《なべ》とか……」

剣がそう言うと、足にまた頭《かぶり》を振っている感触が伝わってきた。店主は、仏頂面のままで明らかに声のトーンが落ちている。

「ダメか……ならジャガイモはどうだ？　子どもはだいたい好きだろう」

「そうだな。ジャガイモがたくさん入ったシチューか……ああ、ダメみたいだ」

悠は、またしてもいやいやと首を横に振っていた。

「困ったなぁ。悠、どれなら食べられる？　このお店のは全部新鮮で実がぎっしり詰まった美味《おい》しいものばかりだぞ」

「人参ならどうだ？　玉ねぎは？　大根は煮たら甘くて柔《やわ》らかくなるぞ。どうだ？」

店主が色んな野菜を次々手に取る。そのどれにも、悠は首を縦に振らなかった。剣も店主も、がっくりと肩を落としてしまった。特に店主が。

次なる一手が思い浮かばずに、店主と剣が店先で項垂《うなだ》れていると、店の奥から甲高《かんだか》い声が聞こえてきた。

「ちょっとあんた……剣さんまで何してんの？」

店主の奥さんだ。剣に挨拶はするものの、男二人を怪訝《けげん》な目で見ている。

「何っておまえ……」

「あら可愛いお嬢《じょう》ちゃん。大の大人が二人して、こんな可愛い子いじめるんじゃないよ」

「い、いじめてませんよ……！」

「いじめてるでしょうが。その子怖がってるじゃないの。いったい何したの」

奥さんは早口でまくし立てると、颯爽《さっそう》と駆け寄って、悠を剣から引《ひ》き剥《は》がす。そして、ぎゅっと抱きしめたのだった。

「よしよし、怖かったねぇ。おばちゃんがこのおじさんたちのこと、ちゃんと叱っといてあげるからね」

初めて会う女性に慰《なぐさ》められて、悠はきょとんとしていた……

だがどうやら、怖い人ではないらしいということは伝わっているようだ。悠の小さな震《ふる》えは止まっている。

いじめていたわけではない剣は、安堵《あんど》と不本意な気持ちがない交ぜになって複雑だったが、一つわかったことがある。悠は店に並んだ野菜が嫌いなのではなく、奥さんの言うとおり、怖がっていたのかもしれないということだ。

（野菜が怖いとは……？）

あまり聞いたことがない状況に、剣は戸惑《とまど》った。

「悠、ここにある野菜、食べたことあるか？」

悠は、小さく頷《うなず》いた。眉が『八』の字に垂れ下がる。

「どれが美味《おい》しかった？」

剣の問いに、悠は首をぶんぶん横に振った。

食べたことはあるが、美味《おい》しいと思ったものはないようだ。

野菜嫌いの子どもは多く、親の苦労が絶えないのは今に始まったことではない。悠の反応も珍しいとは思わなかった。だが、嫌いで残す子どもは多くとも、怖がって逃げるといった話はあまり聞かない。剣が黙《だま》って考え込んでいると、そろそろと小さな手が伸びてきた。

「けん……」

悠は、奥さんの腕から抜け出して、剣のズボンをちょこんと掴《つか》む。

「おやさい……食べる？」

悠のこの言葉は、おそらく『食べなきゃダメ？』の意だと、剣は予想した。

「そのほうがいいけど……」

本音を言うと、剣が悠に食べさせてきた料理にも、野菜はふんだんに使われている。

ただ、食べやすいように小さく刻んでいることが多いので、野菜と認識していなかったのかもしれない。これらの『怖い』野菜を、今まで口にしていたと知ったら、今後どうなるだろうか。今日の夕飯のことよりも、そんな懸念《けねん》が剣の頭をよぎるのだった。

「う～ん……じゃあ今並んでる野菜、全種類ください」

「え!?」

店主と奥さんが、揃って素っ頓狂《すっとんきょう》な声を上げる。

今、悠が嫌だと言っていたばかりなのに。それも全種類だ。こういう豪気《ごうき》なところも、剣がこの商店街で好かれる所以《ゆえん》ではあるが、今回ばかりは店主も奥さんも考えが読めない。

「よし、帰ろうか」

「うん……」

剣は来たときと同じくしっかりと悠の手を握って、歩いていった。

悠は剣が持つ野菜が入った袋を恐ろしげにちらちら見ている。まるで、人食いお化けを見るような顔つきであった。

❖

「おう、おかえり」

家に帰ると、伊三次はじめ管狐《くだぎつね》たちの声が聞こえてくる。

うきうきしているであろう剣と悠を出迎えに来た伊三次たちは、二人と顔を合わせるなりぎょっとする。

「おまえら……そんな顔で歩いてきたのか？」

「あ〜……ははは」

伊三次たちの呆れた顔に、剣は苦笑いを返すしかできなかった。

「よく不審者に間違われなかったな……」

「正直、気が気じゃなかったよ」

帰る道中、悠はこの世の終わりのような顔をしていた。

気難しい顔をした男と、近隣では見かけない暗い面持《おもも》ちの少女。こんな組み合わせを見たら怪しむなと言うほうが無理である。

「気を付けろよ。警察《けいさつ》に声かけられたりしたら、確実に悠は連れていかれちまうぞ」

伊三次のその言葉に、ぴくりと体を強張《こわば》らせたのは、剣ではなく悠だった。悠はそろりと剣を見上げる。その両目は、うっすら潤《うる》んでいた。

「けん……いや……」

「ええ⁉」

伊三次と管狐《くだぎつね》二人が叫ぶ。剣はかがみこんで悠と目線を合わせて、まっすぐにじっと見つめる。

「何が、嫌だった？」

剣が問いかけても、悠は言《い》い淀《よど》んでいる。口にしてしまっていいのか、迷っているようだ。

「ゆっくりでいい。聞かせてくれるか？　……ひとまず、こたつで温まりながら、な」

悠は、剣の言葉に戸惑《とまど》いながらも、ゆっくり頷《うなず》いた。

「温かいミルク、飲むよな？」

「……のむ」

「あー……じゃあ俺らはお茶がほしいな」

「わかった、淹《い》れるよ」

伊三次が会話に割って入ったことで、悠の張り詰めた空気がほんの少しだけ和《やわ》らいだ。

悠が靴《くつ》を脱ぐと伊三次たちが居間まで促《うなが》し、剣はそのまま台所に向かったのだった。

❖

コトン、と硬《かた》い音がする。音とともに悠の目の前に置かれたのは、側面に白い猫がゆらゆらと尻尾を揺らしている絵が描かれている、少し小さめのマグカップだ。その中には湯気《ゆげ》が立つミルクがいっぱいに入っている。

「寒かったろう。飲んで落ち着こう」

剣の声は、いつもと同様穏やかだった。その声音《こわね》に安心したのか、悠はこっくりと頷《うなず》いて、すぐにカップに口をつけた。

剣はその様子を見て、今度は別の盆《ぼん》に載せていた急須《きゅうす》を持ち、四人分の湯呑《ゆのみ》にお茶を注ぐ。

「お、いい柄《がら》だな。新しく買ったんだな」

「ああ。悠が選んでくれたんだ。な？」

剣はにこやかに尋《たず》ねるが、悠は少し俯《うつむ》いて、答えずにミルクを口に含んだ。

「悠が……ねぇ」

伊三次は熱いお茶を一口すすると、机を指でトントンと叩いた。

「いい買い物したのに、なんで悠は浮かない顔なんだ？」

「ああ、そうだな」

剣は悠の隣に腰を下ろし、改めて悠の顔を真横から覗き見る。ずっと眉尻が垂れ下がってどこか悲しげだ。八百屋さんで野菜を目にしてからずっとそんな様子だ。

「なぁ悠、もう一回聞くけど、野菜は嫌いか？」

悠は、コップを傾ける手を止めた。頷《うなず》く気配はないが、否定もしない。

「でも食べたことはあるんだよな？　ちょっとそのときのことを教えてくれないか？」

そう言って、剣は買い物袋を引き寄せる。そして、中から野菜を取り出し、テーブルの上に並べていった。一つ、また一つ野菜が姿を見せるたび、悠の眉間《みけん》にしわが寄っていく。

「なんだ？　何が始まるんだ？」

伊三次たちまで、怪訝《けげん》な顔を見せる。

「悠はどうも野菜が嫌い……いや、怖いらしくてな」

「ほう、怖いと？」

『野菜が嫌い』ではなく『野菜が怖い』とは、伊三次も不思議そうな表情を悠に向けた。悠は野菜とのにらめっこに耐えている。そんな悠の頭に剣がぽんと手を置く。

「大丈夫、ここに並んでいる野菜は悠のことを傷つけたりしないよ。できれば仲良くなりたいとも思ってる」

「……なかよくなるの？」

「ああ。でもその前に、悠がどうしてそこまで怖いって思ってるか、聞かせてくれないか？」

剣は、悠の目をまっすぐに見て、そう言った。悠は剣の腕をぎゅっと掴《つか》むと、そろそろと野菜を指さした。小さな人差し指が最初に指したのは、玉ねぎだ。

「あれ……いたい」

「……痛い？」

飛び出た言葉があまりに意外だったので、剣は思わず聞き返してしまった。

「痛いってなんだ？　どこが痛い？」

「くち」

口の中が痛い、ということらしい。

「もしや……『辛《から》い』ということでは？」

そろりと告げられた銀の言葉に、一同ははっとした。確かに様々な味のうち、辛味は痛覚と密接な繋《つな》がりを持つ。

「なるほど、この年だと、ちょっとしたトラウマになりそうだ」

「じゃあ、これは？」

伊三次が言い、剣は次に人参を指した。悠はまたも首を横に振る。

「かたい」

「か、硬《かた》い？」

確かに生の状態ならとても硬《かた》くて完食できまい。悠はサラダでも食べたのだろうか。

疑問に思いながらも剣は別の野菜を指した。

「じゃあ、これ……ジャガイモはどうだった？」

「へん……」

もはや、何をどう解釈すればいいかわからない。

「じゃあこれは？　白菜はあまり食べないかな？」

悠は、一番顔をしかめて、ぷいとそっぽを向いてしまった。

「……むし」

これは、全員が理解できた。おそらく中にいた青虫とバッタリ遭遇《そうぐう》してしまったのだろう。うねうねと蠢《うごめ》くモノを口に入れてしまいそうになったなど、剣ですら考えるだけで身震《みぶる》いがする。

「なるほどなぁ」

「しかし……さっきから何か変な感じがするんだが、気のせいか？」

そう言ったのは伊三次だった。管狐《くだぎつね》二人も、剣も、同様に悠の証言に違和感《いわかん》を覚えていた。

「なんだか……料理されてない気がするな」

剣がそう呟《つぶや》く。

先ほど悠が言った味や食感は、野菜そのもののそれだ。調理されて柔《やわ》らかくなったり、出汁《だし》が染みた味のことなどは、一言も出てこない。

生の野菜……そう考えたとき、剣の頭に一つの光景が思い浮かんだ。

同時に、その光景を見た銀も思い至ったようだった。

「剣殿……」

銀が遠慮《えんりょ》がちに言う。剣の脳裏に、あの日の光景が鮮やかに蘇《よみがえ》った。

散乱したゴミ、汚れた床や壁、そして散らかっていた食べ残し……一口かじった跡が残った生の野菜が転がっていた。その中には確かに玉ねぎ、人参、ジャガイモ、白菜も含まれていたはずだ。

「確かに、玉ねぎや人参に生のままかじりつくのは、大人だって嫌だよな」

伊三次が言う。

目にしたときは憤《いきどお》りを感じたはずなのに、忘れてしまっていた。

剣は唇《くちびる》を噛みしめた。悔しくてたまらなかった。料理についてはひとかどの腕前であると自負しているが、それ以外はまるでからきしだめな自分がほとほと嫌になった。

だが同時に、わかったこともある。剣にできることは、一つしかないということだ。

両の手をぎゅっと握りしめて、剣は顔を上げた。泣きそうな悠と、目が合う。

剣はおもむろに立ち上がると、居間に置いてあった本を手にした。

それは、剣が伊三次に頼んで買ってきてもらった料理の本だ。子どもも作りやすいメニューと作り方が載っている。親子で一緒に料理ができるように、と謳《うた》っている本だ。

「悠、この中で作りたい料理はあるか？」

急にそう言われて悠は困惑していたものの、ページをめくって様々な料理の写真を見る。

そのうち、ページをめくる手が止まった。

「これ……」

遠慮《えんりょ》がちではあるが、悠ははっきりとそのページの料理を選ぶ。目が輝いている。

そこに載っていた料理を見て、剣は思わずくすくす笑った。

「うん、じゃあ今から俺と一緒に作ろうか」

「いっしょに？」

「ああ。材料は……今ここに並んでる野菜だよ」

「⁉」

悠の目が驚《おどろ》きで二倍くらいに大きくなった。そして、本に載っている料理の写真と、机に並ぶ野菜たちとを見比べている。

そのページに載っていたのは、『色どり野菜スープ』という名の料理だった。

❖

先ほどの八百屋さんで、剣は店に並ぶすべての野菜を買い求めた。だから悠が何を作りたいと言っても、すぐに作れる態勢は整っている。

　そして悠がレシピ本から選び出したメニューに従い、今、選び抜いた野菜が調理台の上に置かれる。人参、大根、ジャガイモ、玉ねぎ、そして白菜。実がぎっしり詰まったそれらは、大きくて、重そうで、存在感がある。

　調理台の上に並ぶ野菜の姿を見上げ、悠は気圧《けお》されていた。剣に買ってもらったエプロンを身に着けて準備は万全だが、どうしても腰が引けている。

「大丈夫だよ。噛みついたりしないから」

　剣が優しく言うも、やはり悠の体は固くなっている。

　特に視線が白菜へと移った瞬間、悠は明らかにびくっと震《ふる》えた。

「あ〜白菜はな、かじるんじゃないんだ。こう、一枚ずつはがすといいよ」

　そう言って、剣は一番外側の葉を一枚、ぺりっとはがした。真っ白な身と淡い緑の葉が混ざり合うように広がっている。その中に、虫の姿はない。

「ほら、大丈夫だった」

　剣の言葉に、悠は一応は納得したようだが、まだ気を抜いてはいない。その固くなった姿を見て、堪《こら》えきれないというように銅が笑い出す。

「案ずるな、童《わらべ》。虫が顔を出すような事態など、年に一度あるかないかであろうよ。おぬしは運が悪かっただけじゃ」

本当か、と問いたげな視線が悠から銅に送られる。笑われて少し機嫌を損ねたようだ。

「ああ、まぁそうだな。年に一度かどうかはともかく、そう頻繁《ひんぱん》にはないよ。悠だって、一回は見たんだろうけど、二回も三回も見たわけじゃないだろう？」

「……うん」

「そうだろう。だからそんなに怖がることはないよ。見つけたら俺に言えばいいから、もう一枚めくってみてくれるか」

剣がそう言うと、悠はおそるおそる頷《うなず》き、そろそろと手を伸ばした。

芯のしっかりとした白菜の葉は意外と頑丈《がんじょう》で、悠が少し力を入れたぐらいでは容易にははがれない。そっと葉と葉の間を確認して、悠は一気に外側の一枚を引《ひ》き剥《は》がした。青虫は、いなかった。

「……いない！」

「よかったよかった。な？　そうそういるもんじゃないだろ？」

剣の言葉に悠は満面の笑みで頷《うなず》く。

少し機嫌が戻った今のうちにと思い、剣は次に人参を手に取った。悠の目の前に持っていくと、悠はびくびくしながらも、なんとか姿勢を保とうと堪《こら》えていた。

剣は手にした人参を、もう片方の手でコツコツ叩く。

「ほら硬《かた》いだろ。こんなに硬《かた》かったら、食べられなくて当然だ。大人だって、これをかじるのは嫌だろうな」

「いや？　なく？　けんも？」

「ああ。俺も泣いちゃう」

部屋の隅で、伊三次が噴《ふ》き出《だ》しているのが視界に入ったが、剣は無視してまな板に向かう。

「このままじゃあ食べられない。だから料理するんだ。俺がいつもやってるだろう」

「うん……！」

剣はピーラーを手に取り、悠に見えるように人参の側面に当てる。

「まず皮を剥《む》く。見てな」

剣はピーラーの刃を人参に当て、スッと引き下ろす。橙色《だいだいいろ》の薄い皮がシュルシュルと音を立てて、剥《は》がれ落《お》ちていく。

「ほら、表面がつるつるになったろう」

ごわごわした皮が剥《む》かれ、肌触りのいい面が現れ、悠は仰天していた。

「悠もやってみるか？」

剣がピーラーを差し出すと、悠は頷《うなず》きながら、おそるおそる受け取る。

「人参をしっかり持って。刃はこう当てる。ちょっと力を入れてみな」

「んん～っ！」

想像していたよりも硬《かた》かったのか、悠の右手に渾身《こんしん》の力がこもる。

そして、次の瞬間、人参の皮が剥《は》がれ落《お》ちた。剣が剥《む》いたものよりも大分と厚いが。

「おお、できたな。上手だぞ」

剣が褒《ほ》めると、悠は剣のものと自分のものを見比べて、疑わしげな視線を剣に向ける。

「本当だよ。ピーラーでも、初めてだとちゃんと皮を剥《む》けないことだって多いんだ。悠のこれは上手だよ。もう一回やってみようか」

悠は頷《うなず》くと、もう一度ピーラーを構えた。そして、先ほどより慎重に、ゆっくりと下ろしていく。すると今度は、剣が剥《む》いたものと同じくらいの薄さの皮がするりと剥《む》け落ちた。

「できた！」

弾けるような声に、剣も伊三次たちも、思わず笑みが零《こぼ》れた。剣は悠の頭を撫《な》で回《まわ》す。

「ああ、もっと上手にできたな。すごいぞ。じゃあ、最後まで剥《む》いちゃおうか」

剣の言葉に、悠はいきなり重要なミッションを課せられたような面持《おもも》ちで頷《うなず》く。

そのあと、悠は少しずつ、少しずつ、慎重にピーラーを動かし、人参とにらめっこをしながら、どうにかすべての皮を剥《む》くことに成功した。

「ふぅ……」

息を吐く悠は、まるで職人のようだ。

「な？　皮を剥《む》くだけで、全然違うだろう」

「きれい！」

ざらざらした皮を取り去るだけで、なんとも見た目がよくなった。悠の表情で、剣は大分安堵《あんど》していたが、まだ策がある。

「これで『きれい』なんて言ってたら、あとでなんて言えばいいかわからなくなるぞ」

そう言う剣を、悠は不思議そうに見上げる。剣は不敵に笑って、皮を剥《む》き終《お》わった人参を輪切りにした。

「見てな」

剣が切った人参を寄せ集め、何やら別の包丁《ほうちょう》を取り出す。

いつもの包丁《ほうちょう》よりもやや長い薄刃の包丁《ほうちょう》だ。すると隅で見ていた伊三次たちまでが興味《きょうみ》津々《しんしん》な様子で寄ってきた。

「剣の腕前が見られるのか」

「実は心待ちにしておったのじゃ」

「剣殿は、お見事ですから」

伊三次と銅、銀に口々に言葉をかけられ、剣は照れくさそうに笑う。

「いや、下手ではないと思うけど、期待されるほどでは……」

三人に苦笑いしながらも、剣は手元に意識を集中させる。

そして、剣の右手がするすると動き出した。

まず円形だった人参を五角形に切る。次に、もう一つの薄刃の包丁《ほうちょう》に持ち替えて、真っ直ぐになった面に小さく切り込みを入れ、それに合わせて五つある角を丸く整えていった。

五つとも丸く切り取ると、悠にも薄々何が出来上がるのか想像できるようになった。その期待に応えるように、剣は最後に、丸く整えた角にV字の形に切り込みを入れる。

真っ白な皿の上に、出来上がった人参をちょこんと置くと、悠が感嘆の声を上げた。

「お花！」

「当たり。なんの花か、わかるか？」

「えーと………」

悠は首をひねったが、回答が出てくる気配はない。

「そうか、名前は知らなかったかな。これは桜だ。春にたくさん咲く、きれいな花だぞ」

「お庭にも咲く？」

「うちの庭には咲かないかな。でも近くの公園にはたくさん咲くぞ」

「ほぁ……」

ほっぺたを赤くしてじっと人参を見つめる悠。その背後から、三人の男が皿をしげしげと眺める。

「相変わらず上手いもんだ」

「飾り切りですね。桜の他にはないのですか？」

伊三次と銀が感心しながら言う。

「もちろん、色々ある。じゃあ同じように、他の野菜もやっていこうか、悠。次は……大根の皮を剥《む》いてくれるか？」

テーブルに置いてある他の野菜を見回して、悠はまた少し恐れおののいたようだ。だが、攻略法がわかったことで勇気がでたのか、すぐに残りの野菜を睨《にら》み付《つ》けた。

悠の視線は大根に向いている。

「あの……別にケンカするんじゃないからな？　美味《おい》しくするための準備だよ、準備」

剣の言葉に悠は頷《うなず》いてはいるが、その引き締まった凛々《りり》しい面持《おもも》ちは、勝負を挑む騎士のようだ。悠は勇ましい顔で大根を手に取る。人参よりも大きく太いが、少し切った短い状態にしていたため、悠の手でも上から下までピーラーを滑《すべ》らせることができた。人参よりも滑《すべ》らせやすいからか、あっという間に大根は皮を剥《む》かれ、みずみずしい姿を露《あら》わにする。

剣は人参と同様、大根も輪切りにしていった。今度はもう少し分厚い。そして角の部分を丁寧に切り取り、丸く滑《なめ》らかにしていく。その手順に、銀が首を傾《かし》げる。

「角を取るのは何故《なぜ》でしょう？」

「面取《めんと》りって言うんだ。こうすると煮崩れしにくいし、味も染《し》み込《こ》みやすくなるんだ。一石《いっせき》二鳥《にちょう》だろ」

「手が込んでおられる」

「いやいや、家庭でもやってるようなことだから。そうじゃなくて、本番はここからでな……」

銅の言葉に、剣が答える。

剣は手元に再び集中した。右手に持った包丁《ほうちょう》で大根に切り込みを入れていく。

その切り込みに、今度は斜めから切り込みを入れ、凹凸《おうとつ》を作っていく。すべての切り込みに包丁《ほうちょう》を入れると、花びらが出来上がっていた。十二枚の花弁を持つ花が、浮き上がる。

「おお、これは……梅か？」

「梅は花びらが五枚だよ。これは菊《きく》だ」

悠は剣の掌《てのひら》に載った小さな白い菊《きく》を見つめる。

「きれい」

「そうだな。『高貴』や『高潔』って花言葉があって、気品のある花っていう認識だな」

「……きひん？」

「うーんと……偉くてきれいってことだ」

「うん、きれい！」

悠がそう言って、人参の桜と大根の菊《きく》に夢中になっている間に、剣は次の野菜を選んで渡す。次はジャガイモだ。メークインを選択したとはいえ、ゴツゴツした形はピーラーをすんなり滑《すべ》らせてくれるはずもなく、悠は苦戦していた。剣が助けに入り、刃の向きなどをアドバイスしながら少しずつ剥《む》いていく。

「きいろ！」

「な？　ジャガイモは表面が土臭いけど、ちゃんと洗って皮を剥《む》くとこんなにきれいな色をしているんだ」

芽の部分やピーラーでは剥《む》けなかった部分は剣が包丁《ほうちょう》で取り除いたことで、ジャガイモもクリアできた。悠は剥《む》いた皮と現れた実とを、じっと見比べている。どうやらそれまで抱いていた恐怖心に、驚《おどろ》きが勝ったようだ。

「さて、さっきのが白い菊《きく》で、今度は黄色だな」

剣はそう言って形の整ったメークイン……ジャガイモも輪切りにしていく。大根と同じく角を切り落として滑《なめ》らかにし、切り込みを入れていく。今、悠は皿のほうに夢中になっているので、剣は特に何も考えずに、先ほどと同じ手順をささっとこなしていく。

「剣殿、速いですぞ。覚えられませぬ」

高速で繰り出される技に、銅が悲鳴を上げる。

「え、覚えようとしてたのか？　言ってくれればいいのに」

「ありがたい。できるようになっておいて損はありませぬからな。ぜひ、教えを請《こ》いたいのじゃ」

銅がそう言っているのを見て、隣にいた双子《ふたご》の片割れである銀はどうしたものかと戸惑《とまど》った様子だ。

「銀もやるか？」

「いえ私は……」

「剣殿いけませぬ。銀は不器用じゃからな。材料の無駄《むだ》じゃ」

「……」

銀は、何も言わずに銅を睨《にら》み付《つ》ける。

「わかったわかった。銅には教えるから、銀もやりたくなったら言ってくれ。材料はまだあるから」

「わ、わかりました……」

がっくりと項垂《うなだ》れる銀の横で、剣による飾り切り講座が始まった。切り込みの深さ、角度、力加減など、剣が伝えることを銅はみるみる吸収していく。

少し悔しそうにその光景を見守る銀の袖《そで》を、誰かが引っ張った。悠だ。

「これ」

悠はそう言って、先ほど自分がめくった白菜の葉を持っている。

いったいどうするのかと、一同が注目していると、悠はいそいそと皿に白菜の葉を敷《し》き、その上に剣が切った飾り切りの花たちを載せた。淡い緑の葉の上に、真っ白い菊《きく》と鮮やかな橙色《だいだいいろ》の桜。それぞれの色が互いに互いを映えさせている。

「おお、見事な」

「悠、すごいな。あとで俺がやろうと思ってたのに。もう気付いちゃったのか」

「ふふ」

笑った悠の顔は、少し得意げだ。

「よし、じゃあこれから作った花はここに載せていこう。銅、同じようにできるなら、残りの大根とジャガイモ、できたら人参の桜もお願いできるか？」

「承知」

軽快な返事とともに、銅がするすると滑《なめ》らかな手付きでほかの野菜も切り始めたのを見て、剣は残りの一つに取りかかる。

「じゃあ最後、玉ねぎだな」

剣が玉ねぎを持ってみせると、悠はそのずっしりした姿に、また体を固くした。

「そうだった。悠、このまま食べちゃったことがあるんだったよな？」

悠は言葉なく、小さく頷《うなず》く。

剣の脳裏に、再び思い浮かんだ。以前、悠の住んでいた家に転がっていた、生でかじられた玉ねぎが。

「悠はな、食べ方をちょっと間違えていたんだよ。玉ねぎは皮を剝《む》かなきゃいけないんだ」

「……かわ、むく？」

「そう。この茶色いのも一緒に食べただろう？　これは、こうして……剝《は》がしてやるんだ」

ぺりっ、と音がして、てっぺんから茶色い皮がするすると剝《む》けていく。すると、剝《む》けた箇所から、皮とはまったく違う真っ白な部分が見えた。

「しろい！」

悠はまたも仰天する。真っ白な身に興味が湧いたのか、悠は目を見開いて剣を見つめる。どうやら、やらせてほしいらしい。剣は玉ねぎを悠に譲ると、そっと手を添えた。

「そう。そこから一気に下に……ほらできた」

「できた！」

思っていたよりも簡単にできたからか、悠は気に入って次々皮を剥《む》いていく。

「ぜんぶ、しろい！」

茶色い皮をすべて取り去ると、玉ねぎは真っ白な姿に生まれ変わった。その姿に悠は見入っている。

「これはこのあとどうするんだ？」

伊三次がすかさず尋《たず》ねる。期待のこもった視線と声音《こわね》だ。それに応えるように、剣は真っ白な玉ねぎを手に取って、ニタリと笑う。

「ちょっと細かい作業に入る」

今までも十分細かい作業だったが、剣があえてこう言うということは、何やら大変な作業に違いない。いったい何ができるのか……伊三次は息を呑《の》んだ。

「見てな。トラウマなんぞ忘れさせてやるさ」

そう言って、剣は玉ねぎをざっくりと二等分した。

そして人参や大根にしたときと同じように平らな面に切り込みを入れていく。今度は先ほどより少し深く切り込んでいる。

包丁《ほうちょう》で切り込みを入れ終わると、剣は薄刃の包丁《ほうちょう》をもう一本取り出し、持ち替えた。そして先ほど入れた切り込みに薄い刃で斜めから切れ込みを入れ、削り取っていく。

作業自体は先ほどと同じようだが、人参などのときは花びらを浮き出させるために輪郭《りんかく》部分を削っていた。今は、横から見たチューリップのように、山形がいくつもできている。

真剣な表情で細かく『花』を作り出している剣を見て、伊三次はほぅとため息を吐く。

「玉ねぎでもできるんだなぁ、そんなの」

「これはどっちかというとカービングの技術に近いな」

手元から目を離さないまま、剣が答えた。

「カービング？」

「広くは木工彫刻《もっこうちょうこく》のことなんだが、今やっているのはタイカービング。野菜や石鹸《せっけん》をきれいに彫刻《ちょうこく》する、タイの伝統工芸だな。ほら、テレビでも見るだろう。スイカやメロンなんかで見事な花の彫刻《ちょうこく》を作ってる」

「ああ、バラを彫《ほ》ったりしてるやつか」

「そうそう。本格的なカービングとまではいかないが、以前ちょっと教わったことがあってな。専用のナイフなんかもあるんだけど、俺は持ってないから、こうして包丁《ほうちょう》でやってるってわけだ」

剣は自分がまだまだであると言いたげであるが、するすると包丁《ほうちょう》を進めていく様は、伊三次たちから見れば十分、本格的であった。

「よし、できた」

玉ねぎは山がいくつもできているばかりでなく、うっすらカーブを描いており、まるで花びらが、大切な何かを包み込もうとしているかのようだった。

剣がもう一つの普段使いの包丁《ほうちょう》で底面を少し切ると、花はちょこんとまな板の上に立つようになった。

「お花！」

「おお、できたか」

剣の声に、悠が駆け寄ってきた。今度はどんなものができたのか、伊三次と一緒に目をキラキラさせて剣を見つめる。だが、剣の声は依然として真剣だ。

「まだだ」

ぴしゃりと言い放つ剣に、悠の代わりに伊三次が文句を言う。

「今できたって言っただろ」

「切るのができただけ。あともうひと手間だ」

「なんだよ、ひと手間って？」

ぶつくさ言いつつも、伊三次は悠を連れて一歩下がった。なんだかんだ、剣の作業の邪魔はしないのだ。二人に見つめられながら、剣は自分が作り出した玉ねぎの花を手に取る。そして、底の部分をぐっと押し上げた。すると、花の中身が、かぽっと浮き上がった。何層にも詰まっていた玉ねぎの中の層が抜けたのだ。

驚《おどろ》く悠の目の前で、剣はさらに中の層を次々抜いていった。まな板の上にはまるでマトリョーシカのように、同じような形をした玉ねぎの層がいくつも並んでいく。

いったいどうするのか、不思議そうな視線を向けられた剣は、それに笑って応えた。

そして一番大きな花と、その次に大きな花を取って、重ねる。ちょうど花びらの部分が互い違いになるようにずらして……同じように中側の小さな花も埋め込んでいくと、真っ白なギザギザが、徐々に様子を変えていった。

いよいよ最後の中心部分に取りかかると、玉ねぎの真っ白な身は、大小いくつもの花弁を幾重にも広げる、艶やかで大ぶりな花に姿を変えた。

「なるほどな。こういう使い方ができるのか」

今までで一番驚《おどろ》いて感嘆のため息を漏《も》らす悠の後ろで、伊三次もまた感心している。

「先ほどまでのものが桜に菊《きく》……これは、さしずめ蓮《はす》といったところでしょうか」

銀が頬《ほほ》を緩《ゆる》ませてそう言った。するとその横から手が伸びてきて、もう一つの花を添えた。

「ではそこに、梅も加えてみてはいかがじゃ」

銅が、人参の梅を置いて得意げに笑う。見ると白菜を敷《し》いた皿の上には、もういくつもの『菊《きく》』や『桜』が散らばっている。種類別というよりは、彩《いろど》りを考えて散らせてあるようだった。

「もう応用して作ってくれたのか。さすが銅だな」

「ふふふ……梅は五弁だと剣殿が仰ってましたからな」

そう言って銅は視線をちらりと銀に向ける。褒《ほ》めていいぞと言わんばかりに。

銀は悔しそうに視線を逸《そ》らして、沈黙を貫いていた。

「ええと……二人とも仲良くな？　じゃあ銅、残りの分も頼めるか？　銀はできた分をこうして皿に載せておいてくれ」

「「承知」」

銀、銅の二人は同時に頷《うなず》いて言った。この兄弟は根っこの部分では仲がいいらしい。

そんな二人が自分の作業に取りかかったのを見届け、剣は包丁《ほうちょう》を置いて、コンロに向かった。悠も皿に花が増えていく様を楽しく見ている。剣は今のうちに別の準備をするのだ。

棚から大小二つの鍋《なべ》を取り出して、どちらにも水をいっぱいに入れて火にかけた。大きな鍋《なべ》のほうには昆布《こんぶ》を一片入れて、蓋《ふた》をする。

鍋《なべ》の音に注意しながら、剣は冷蔵庫から鶏肉を取り出した。細長い身の、ささみだ。

先端の筋の部分に包丁《ほうちょう》を入れ、流れるように逆の端まで切れ目を入れていく。次いで筋の端を握って、開いたささみの身から一気に筋を引き剥《ひは》がしていく。あっという間に筋取りを終わらせた。ちょうどすべてのささみを処理し終えた頃に、鍋《なべ》がカタカタと音を鳴らした。小さな鍋《なべ》のほうが先に温まったようだ。

剣は蓋《ふた》を取り、ぐつぐついっている湯の中に塩をパラパラと入れる。そして弱火にして、先ほど筋を取ったささみを鍋《なべ》の中に放り込んだ。ピンク色の身が、みるみる白く変わっていく。再び蓋《ふた》をすると、剣はタイマーをセットした。

それと同時に、大きな鍋《なべ》のほうがぐつぐつ煮立つ。

蓋《ふた》を取ると、熱い蒸気が剣の顔にかかる。同時に昆布《こんぶ》の香りが鼻孔《びこう》をくすぐる。調味料を取り出し、その鍋《なべ》に醤油《しょうゆ》と酒を、計量スプーンで計り入れた。

「おーい、野菜、できたか？」

背後の楽しそうな集団に向けて剣が尋《たず》ねると、小気味よい返事が返ってくる。

「できた！」

悠が元気に答え、銀が大きな皿を剣に向けて差し出した。

「おお、たくさんできたな」

「これをどうされるのですか？」

「もちろん、こうするんだよ」

剣は皿に載った『花』を一つ手に取り、ゆっくり鍋《なべ》に入れた。同じように、一つ一つ手に取っては鍋《なべ》に入れ、そっと底に沈んでいく様を見届けた。そして最後に、野菜の花たちを包むように、白菜の葉を側面にそっと差し込んで、蓋《ふた》をした。

「よし、しばらく待ってようか」

剣がそう言うと、今度はタイマーの音がけたたましく鳴り響《ひび》く。

「おっと、こっちができたか」

剣はタイマーを止めると、流し台に大きなたらいを置き、水を張る。

水を流したままコンロに向かい、ささみを湯がいていた小さな鍋《なべ》を持ち上げたかと思うと、大胆にもそのままたらいの中に入れた。たらいの水からうっすら湯気《ゆげ》が昇り、剣は鍋《なべ》の蓋《ふた》に蛇口から流れる水をかけた。

「随分《ずいぶん》と大胆なことするなぁ」

「こいつは一気に冷やしたほうがいいんだ。自然に冷めるのを待つと、衛生上よくないからな」

伊三次にそう言って、剣は水を出しっぱなしにしたまま再びタイマーをセットした。野菜の鍋《なべ》のほうの時間だ。先ほどより長めの時間に設定してある。

そしてそのまま再び冷蔵庫に向かう。中からネギを取り出し、ひたすらに細かく刻んでいく。トントンとリズムよく、そして素早く、こんもりとした緑の山が築かれた。

山が出来上がると、剣は水をかけていたささみの鍋《なべ》に向かった。

「うん、まぁこれくらいかな」

粗熱《あらねつ》が取れていることを確認する。そして、鍋《なべ》から真っ白になったささみを取り出して、大きめの皿に置いた。

「よし、悠、お手伝いしてくれるか？」

「うん！」

自分の名前を剣に呼ばれて、悠は嬉しそうに、だが少し緊張して、うわずった声で返事をする。

「見てな。この肉を、こう……ほぐしていくんだ」

「ほぐす……」

ささみの身をほんの少しつまんで、割いて、小さな断片を別の皿に移す。その様子を、悠は頭に刻みつけるように、瞬き一つせずに見つめている。

「できるか？」

「うん」

神妙《しんみょう》に頷《うなず》き、悠はささみの一つを手に取った。細く尖った先端をつまみ、ぐっと手前に引っ張る。すると、しゅるしゅると皮が剥《む》けるように白い身が剝がれていく。

「おお、上手だ。ただちょっと長いから、こう、小さくちぎって……」

剣が指でつまめる程度の大きさまでちぎったのを見て、悠は再び頷《うなず》いた。今度は自分の手で、ささみを割いて、ちぎって、皿に入れる……

「うん、それでいい。俺も一緒に……」

「や、やる……！」

悠は首を横に振って、自分が持っているささみをすべてちぎっていった。

自分の分が終わったら、剣が持っていたものまで取って、残っていたものもすべてほぐし、皿に入れていったのだった。

結果的に、ささみのほぐし身は悠がすべて処理したことになる。

「おお、すごいな。ありがとう、悠。助かったよ」

悠の勢いに気圧《けお》され、見守らざるを得なかった剣だが、終わってみて驚《おどろ》いていた。悠が何かを全部自分でやるといったのは、初めてかもしれない。いや、間違いなく初めてだ。

どんな決意があったのか測りかねたが、悠の頭を撫《な》でることだけは忘れなかった。悠は、得意げで、同時に恥ずかしそうだった。

そして折よく、タイマーの音が鳴る。大きな鍋《なべ》のタイマーだ。

「よしよし、ナイスタイミングだ。大きめの皿を出してくれるか」

剣にそう言われ、銀が食器棚からスープ用の少し深くて大きな皿を取り出した。剣は野菜ごとぐつぐつ煮立っていた大きな鍋《なべ》の蓋《ふた》を取り、中をゆっくりかき回す。

そしてお玉と菜箸《さいばし》を使い、まず白菜の葉を取り出し、先ほどと同様、皿に敷《し》いた。その上に、人参の桜と梅、大根とジャガイモの菊《きく》、そして玉ねぎの蓮を一つ一つ取り出し、そっと並べていく。

少し空いた空間に悠がほぐしたささみを載せ、鍋《なべ》から出汁《だし》汁を掬《すく》って、すべてにかかるようにそっと流しかける。温かな出汁《だし》汁が料理全体に降《ふ》りかかって、豊かな香りを漂《ただよ》わせた。

その上から皿全体に刻んだネギをまぶすと彩《いろどり》が足され、より美しい見た目になった。

見ていた全員が、思わず香りを嗅《か》ぐ。剣は告げた。

「さあできた。花の和風ポトフだ」

❖

皿の中に、花畑が広がっている。

鮮やかな橙《だいだい》、透き通るような白、淡い黄、様々な色合いの中からかぐわしい香りを放つ様は、まさしく花が群生しているかのようだ。花とは、少しばかり香りの系統が違うが。

それでも悠は、スプーンとフォークを手に、皿の光景に見惚《みと》れていた。

「おーい、悠。見てるのもいいが食べてくれよー」

剣にそう言われて、悠ははたと気付いたようにフォークで人参の桜を突き刺した。皮を剥《む》く前と違って、フォークの先端がふわりと沈み込むほど柔《やわ》らかい。悠はしばらくフォークに刺さっている人参をしげしげと見つめ、そして意を決して口に入れた。

やはりまだ疑わしく思っていたのだろう。眉間《みけん》にきゅっと寄っていたしわは、人参を口に入れた途端に緩《ゆる》んだ。かと思うと、じっと動きを止める。

しばらくして、おそるおそる一噛みする。すると今度は大きく目が見開かれた。

「美味《おい》しいか？」

剣の言葉に、悠は人参を口の中に閉じ込めたまま、ぶんぶん頭を縦に振った。

「よかった……！」

剣にこもっていた力も、すっと解ける。

「よーく煮ると柔《やわ》らかいだろ？」

「うん」

『かたい』と言って避けていたのが嘘のように、悠はよく咀嚼《そしゃく》して噛みしめている。

ごくんと飲み込んでしまうと、どこか寂《さみ》しげですらあった。

「なくなった」

「そ、そうか……まぁほら、梅もあるから。次は別のを食べてみたらどうだ？」

剣の言葉に悠は頷《うなず》く。ほんの少し寂しそうに、だが他のものへの期待を滲ませて、別の花に目を向ける。悠が次にフォークを向けたのは、真っ白な大根で作られた菊《きく》の花だ。先ほどの桜よりも大きく、重量もある。しかも出汁《だし》をたっぷり吸っている。

透明でありながら、出汁《だし》汁の色合いが移ってほんのり琥珀色《こはくいろ》だ。悠は大根にフォークを突き刺した。花弁の端を小さな口でかじると、ほんの一端……わずかしかかじっていないというのに、中からじんわりと熱いつゆが滲《にじ》み出《で》てきた。

悠はかじったものを零《こぼ》さないように必死に口を塞《ふさ》ぐ。

「熱すぎたら一回皿に出してもいいんだぞ。火傷《やけど》するよりいい」

剣は吐き出すよう促《うなが》したが、悠は頑《がん》として首を縦に振らなかった。ぷるぷる震《ふる》えながらじっと熱さに耐え、ようやくごっくんと喉を鳴らした。

「ぷはっ」

「だ、大丈夫か？」

「……あつい……」

悠は舌を出して冷まそうとしている。

「いつも言ってるだろう。こういう湯気《ゆげ》の昇ってる熱いものは、ふーふーってするんだ」

剣は大根を皿の上で切り分け、息を吹きかけた。一つ一つの体積が小さく、表面積が広くなったことで、空気に触れて冷めやすくしたのだ。賽《さい》の目状《めじょう》に切り分けられた大根に、剣がふぅっと息を吹きかけていると、徐々に湯気《ゆげ》が収まっていく。

「ほら、冷めてきた」

皿の上の大根……いや菊《きく》の花弁からは、もう湯気《ゆげ》は昇っていない。触れるとほんのり温かみが感じられる程度だ。

悠がおそるおそる口に入れると、強張《こわば》っていた表情が一瞬でとろける。

「よかった。無事に美味《おい》しさを堪能《たんのう》できたみたいだな」

剣がそんなことを言っているうちに、大根の菊《きく》はあっという間に消え去った。悠の口の中に納まっていったのだ。

そして剣たちが何か言うより先に、悠は次なる野菜、ジャガイモにフォークを突き立てている。勢いよく刺したからか、亀裂が入って、ぱっくりと二つに割れてしまった。

割れ目からは、白い湯気《ゆげ》がほくほくと昇っている。悠はその様を見つめながら、先ほど学んだとおり、熱を発する箇所に息を吹きかけた。

湯気《ゆげ》が昇らなくなるまで息を吹きかけると、慎重にフォークを刺す。そしてそのまま口まで運び、小さな口を大きく開けて、がぶり、とかじりついた。

「熱くないか⁉」

大胆なかじり方に驚《おどろ》いた剣だったが、悠は平然と頷《うなず》く。どうやら適度に冷めていたらしい。ほっと息を吐く剣の目の前で、ジャガイモはあっという間に消えていった。

残る白菜をフォークでくるくる巻いて器用に一口サイズに畳《たた》むと、悠は最後の一口をあっさりと口に放り込んだ。

「おいしい！」

皿は、空っぽになっていた。

「そうか……美味《おい》しいか」

「うん」

悠は満面の笑みを浮かべる。剣は、この顔を見たかったのだ。

「なあ、悠」

椅子《いす》に座る悠の前にかがみ、剣は目線を合わせて言う。悠は、目をぱちくりさせて剣の言葉を待った。

「野菜って、料理のやり方次第でこんなに美味《おい》しくなるんだ。それに栄養もたくさんある。悠のことをいじめてくる、怖いものじゃないんだよ」

「……こわくない？」

「ああ、怖くない」

悠の視線が、手元の皿に向いた。次いで、冷蔵庫に向く。そこには剣と一緒に買った野菜が他にもたくさん詰まっている。今食べたもの以外にも、苦手な野菜があるのだろう。悠の表情がほんの少し曇《くも》った。

「ほかのおやさいも？」

「もちろん。あのお店で売ってた野菜も果物も、全部そうだ」

「……た、食べたい……」

何故《なぜ》か掻《か》き消えそうな声で、悠は呟《つぶや》いた。そして許可を求めるように、じっと剣の顔を上目遣いでチラチラうかがっている。

「もちろん、俺が食べさせてやる。だから……」

剣は、悠の頭にぽんと手を乗せた。悠のじんわり潤《うる》んだ瞳《ひとみ》が、剣を真正面から見つめる。

「だから、一緒にたくさん作って、たくさん食べよう」

剣の言葉を聞いて、悠の目尻《めじり》から涙が一筋、流れた。

「いいの？」

「……へ？　『いいの』って……何がだ？」

剣が尋《たず》ね返《かえ》すのとほぼ同時に、悠のもう片方の目からも涙があふれ出た。

「いっしょ……いいの？」

「へ？　どうして？」

剣は、まだわけがわからなかった。

だが悠の涙は止まらず、しゃくりあげて言葉にならない。二人して見つめ合いながら、剣は戸惑《とまど》うしかなかった。すると、おろおろするばかりの剣を押しのけて、伊三次が前に進み出る。悠の頭にそっと手を置くと、目を瞑って動かなくなった。

悠は困惑していたが、剣と管狐《くだぎつね》二人は、伊三次が何をしているのか理解する。

伊三次は、かつて大天狗《だいてんぐ》の配下に名を連ねていた者だ。山を下りたとはいえ、厳しい修行によって身に着けた神通力《じんつうりき》はいまだ健在である。天狗《てんぐ》が操る神通力《じんつうりき》は様々あるが、その中の一つに『他心智證通《たしんちしょうつう》』というものがある。文字どおり、他者の心を読み取る力のことだ。

普段、伊三次がこの力を行使することは滅多にないのだが、仕事上、必要な場合ならば躊《ちゅう》躇《ちょ》しない。

伊三次は目を開くと、再びぽんぽんと悠の頭を軽く叩いた。

「なんだ？　伊三次、どういうことだったんだ？」

結論を急かす剣だったが、伊三次のほうはうーんと唸《うな》って天井を見上げる。

「剣、怒ってるか？」

「へ？」

「悠に、怒ってるか？」

伊三次までが、突如わけのわからないことを言い出した。剣が戸惑《とまど》って答えられずにいると、それを肯定と捉えたのか、悠が沈痛な面持《おもも》ちで項垂《うなだ》れる。

「ち、違う！　そうじゃない！　なんで怒る必要があるんだよ」

焦って早口でまくし立てる剣に、悠は少し怯《おび》えている。すると、伊三次がなぐさめるように再び悠の頭を撫《な》でた。

「悠、どうして剣が怒ってるって思ったんだ？」

伊三次には、答えはわかっていた。それでも悠の言葉で伝えさせようとした。だからじっくりと待っていたのだが、悠は言葉にならないようだった。服の裾《すそ》をぎゅっと握りしめて、俯《うつむ》いている。まるで、言葉にしてしまうことを恐れているかのようだ。

「もしかして……急須《きゅうす》か？」

ぽつりと呟《つぶや》いた剣の言葉に、悠が身を震《ふる》わせた。そして、おそるおそる頷《うなず》く。

「なんでそんな……」

「自分が割っちゃったから、だろ」

伊三次がそう言うと、悠はまた小さく頷《うなず》いた。

それが精一杯の返事なのだとわかるほどに、悠は怯《おび》えていた。そこから先は、伊三次が代わりに話し始める。

「あの急須《きゅうす》、剣の主《あるじ》が気に入って買ったものだったんだろ？」

「そうだけど……」

「悠はな、自分が剣の大事なものを割ってしまったから、すご一く気にしてたんだよ」

剣は驚《おどろ》きを隠せなかった。だがそう言われてみれば、商店街での様子に合点がいく。

「だからこの柄《がら》がいいって言ったのか？　せめて代わりになりそうな柄《がら》を？　猫じゃなくて？」

「……だって、けん……大事なもの……」

消え入りそうな声を聞いて、剣は胸がずぅんと重くなったのを感じた。

「そんなことで、俺が怒るって思ったのか？」

悠は、ふるふると首を横に振った。そして顔がみるみる真っ赤に染まっていく。

「お……おねしょ……」

「え」

「やさい……いやって言った」

「あ、あぁぁ……」

剣は、思わず頭を抱えた。それら全部、悠の今日の失敗事だ。

剣にしてみれば、そんなことは子どもなら上手くできなくて当たり前のことであり、悠が気にする必要のないことだった。だから、別段何も言及せず、淡々と後処理を済ませた。

だが悠は、そういったことを一つ一つを気に病み、心の中に積み重ねていったのだろう。

「う……う、う、うあぁぁぁぁん……！」

ため込んでいた自責の念を言葉にしたからか、悠は堰《せき》を切《き》ったように泣き出した。それを見て、剣はようやく気付く。何も気付いていなかったということに、気付いた。

剣の拳に力が入る。その拳をどこでもなく自分にぶつけようかと思ったそのとき、握りしめた手に小さな温かな感触があった。

「けん」

「悠……どうした？」

剣は努《つと》めて穏やかに尋《たず》ね返《かえ》したが、悠は怯《おび》えた目で剣を見ている。

「けん……いや？」

(こんなにも不安にさせていたなんて……!)


「嫌って……何がだ?」

「できなかった……いや?」

「そんなわけないだろう!」

剣は叫んだ。今日一日、悠にこんな顔をさせていた理由がようやくわかった。野菜ではない、剣だった。結局は、剣に嫌われるかもしれないと思って、悠は落ち込んでいたのだ。

(こんなにも不安にさせていたなんて……!)

悠にとっては、一つ一つ自分が犯した重大な過ちだったのだ。そしてその罪悪感に、小さな体と心はずっと押《お》し潰《つぶ》されそうになっていたのだ。

剣はポケットからハンカチを取り出し、悠の頬《ほほ》にそっと当てた。ハンカチの布は、あっという間に涙を吸って色を変えていく。次々に溢れ出る涙を、剣は何も言わずに拭《ぬぐ》う。

「ごめんな。気付いてやれなくて」

そう言って剣は、泣いている悠の頭をすっぽりと腕の中に収めた。

「子どもは……悠は、失敗していいんだよ。そういうものなんだ」

抱きしめている剣には、悠の表情は見えなかった。だが肩口に微かに触れる感触から、悠がぱちくりと瞬きしているのがわかった。

「怖いものなんて誰にでもある。濡《ぬ》れた布団は干せばいい。急須《きゅうす》でもなんでも、長く使ってればいつかは割れる。そうなったら、また新しいのを買いに行こう。一緒に」

「……いっしょ？」

剣は少し体を離して、悠に見えるように、しっかりと頷《うなず》いた。

「ああ、一緒だ」

「……きらい？」

「嫌いなわけない。大好きだよ」

「だいすき？」

「ああ」

迷わず頷《うなず》いた剣に、悠は困ったような顔を向けた。喜びたいけど、喜んでいいのか……迷っている顔だ。

「け、けんのご飯、食べてもいいの……？」

「当たり前だ。俺は、そのためにいるんだ」

剣は、自分でも驚《おどろ》くほど強い声で言う。自分の心の奥底の想いに、自分自身が今ようやく気付いたような気がしていた。

今の自分は、この子に『美味《おい》しい』を届けるためにいるのだ、と。

悠の両目から大粒の涙が次々零《こぼ》れ落《お》ちていく様を見て、剣はそう思った。

「ふ……ふえ……ぅぅぅ……！」

泣きながら、剣の腕に縋《すが》りついた悠を、剣はもう片方の腕でしっかりと抱きしめる。

「だから、悠はもう少しわがままを言ってもいいんだよ」

「わがまま？」

「自分が欲しいものを欲しいと言っていい。やりたいことをやりたいと言っていいんだよ。俺が欲しいものを買おうとしなくて、いいんだ」

縋《すが》りついた悠の腕に、ぎゅっと力がこもる。葛藤しているのだろう。

遠慮《えんりょ》やおそれと戦っている。そして、おそるおそる顔を剣に向けながら、悠は呟《つぶや》くように言った。

「きゅうす……ねこ、ほしい」

怒られはしないだろうか、呆れられたりしないだろうか。そんな心配が滲《にじ》み出《で》た悠の表情を、剣は柔《やわ》らかな笑みで受け止める。

「ああ、いいよ。明日、一緒に買いに行こう」

大きく頷《うなず》いた悠を見て、剣はもう一度強く抱きしめた。

「よかったな、悠」

「うん！」

伊三次が笑いながらそう言う。悠には優しそうに微笑みかけ、剣には何やらにやにやした視線を向けている。

「……なんだよ？」

「いや別に。俺たちもそろそろ、ご相伴《しょうばん》にあずかりたいなぁと思ってただけだ」

「我々も」

伊三次の背後で、管狐《くだぎつね》たち二人も頷《うなず》いている。

「ああ、そうか。悪かった。今よそうよ」

剣がそう言って立ち上がりかけたとき、またしても悠が剣の腕をぎゅっと掴《つか》む。

「どうした？」

「……たい」

か細い声は空気に溶けた。剣が耳を近付けると、悠はもう一度、その言葉を口にする。

「もっと……食べたい」

その言葉の威力は、抜群だった。剣は悠の頭をわしゃわしゃ力強く撫《な》で回《まわ》して、立ち上がる。

「よし、じゃあ皆で食べよう！」

そこからは、賑やかだった。銀が人数分の皿を取り出し、銅が鍋《なべ》を温め直し、伊三次が悠を抱えてやっておかわりしたい具材を選ばせ……隣の居間に場所を移して、全員分のポトフがこたつテーブルの上に並ぶ。

全員席について、手を合わせて……となったところで、何故《なぜ》か『待った』が入る。

声を上げたのは、伊三次だった。

「おいおい剣さんよ。俺は花のポトフと聞いたんだが……」

「ああ、そうだよ」

「俺のコレは、花には見えねえんだが？」

そう言って伊三次が指さした皿には、先ほど悠が食べたものと同じスープが入っていた。入っている野菜だって同じだ。ただし、悠が食べたものと違って『花』ではなかった。

「なんか細切れだったり小さすぎたり……これはどう見ても野菜の切れ端じゃないのか？」

「正解。よくわかったなぁ」

剣は、けろりと言ってのける。

「飾り切りしたら細かい切れ端みたいなのがたくさん出ちゃうんだ。でも野菜であることには変わりない。もったいないから有効活用しようと思ってな」

そういえば先ほど見たコンロには、いつの間にか鍋《なべ》がもう一つ増えていた。いったいいつからあったのか、定かではない……

ちなみに剣の皿に入っているのも、同じ野菜の切れ端ばかりだ。

だが全員をぐるりと見回すと、管狐《くだぎつね》たち二人の皿にはかろうじて『花』が入っていた。二人は遠慮《えんりょ》もせず、ぱくりと頬張《ほおば》った。

「なんであいつらは花のほうを食ってんだよ」

「二人は手伝ってくれたからな」

「剣殿はよくわかっておられる」

「正当な報酬というものです」

項垂《うなだ》れる伊三次を見て、ほんの少し罪悪感を覚える剣だった。

だが伊三次も悠が最優先であることは了承していたし、管狐《くだぎつね》たちが懸命《けんめい》に手伝っていたこともわかっていた。それゆえに、それ以上は文句が言えず歯噛みする。

伊三次が口を閉ざして自分の皿に集中し始めたとき、剣は自分の手元に視線が向けられていることに気付く。視線は、悠のものだ。

「悠、どうした？」

「けん……同じ？」

「ああ、これか？　形は違うが、悠が食べてるのと同じだよ」

剣が自分の皿のスープを悠の口に運んでやると、悠も納得したようだった。

だが……次の瞬間、何やら難しい顔に変わった。自分の皿と剣の皿を見比べては、唸《うな》っている。

「は、悠……何かあるのか？」

また何か地雷を踏んだんじゃないかと、剣は気が気ではなかった。悠の眉が徐々に「八」の字に下がっていき、ぽつりと呟《つぶや》く。剣はその声に耳を傾けた。

「こっちは……」

「こっち？」

悠は自分の皿を指した。

「こっち、きれい」

言うまでもなく、悠のものにはすべてきれいに飾り切りを施《ほどこ》した野菜を入れていた。

「これ、きれい……食べちゃ、ダメ」

「……え？」

そう言って、悠は申し訳なさそうに二つの皿を見つめている。

「……そうか、忘れてた」

そのとき、剣は唐突に思い出した。悠は、プリンに載ったクリームの猫雪だるまを食べられなくなってしまうような子だった。先ほどからきれいきれいと連呼しているものを、食べられなくなってしまうのも、無理はない。

「うーん……気合を入れたのが仇《あだ》になったか……」

まさか、逆に食べることが困難になってしまうとは思いもよらなかった。

剣は、再び頭を抱えることとなった……

❖

翌日。剣は悠と一緒に、再び商店街を訪れた。目的の店は、なんでも揃っている雑貨店だ。

まだ開店した直後、客がそれほど多くない時間に、二人は開いたままの入り口にかかった暖簾《のれん》をくぐる。

「ごめんください」

「おや剣さん。お嬢《じょう》ちゃんも」

悠も剣に倣《なら》って小さくお辞儀をする。店主は、それにお辞儀を返してくれた。店主が顔を上げると、悠はおずおずと一歩進み出て、告げる。

「はる！」

なんのことかと、きょとんとする店主の前で、剣がこそこそと悠に耳打ちする。

「『悠です』だろ」

「『悠です』！」

「できれば『よろしくお願いします』も……」

「よろ……よろしくおねがい……します？」

悠は、顔を真っ赤にしながら剣の言葉を復唱する。その様子は、昨日のような沈痛なものではなかった。

あのとき発していた、遠慮《えんりょ》したような空気は、今はもうどこにもなかった。

「あ、はははは！　そうかそうか、悠ちゃんか。そういえば昨日は挨拶できてなかったなぁ。ごめんなぁ」

そう言うと、店主は少しかがんで、悠に向けて右手を差し出した。悠がちょこんとその手に触れると、そっと握り返してくれ、柔《やわ》らかな握手が成立したのだった。

「それで、今日はどうした？　昨日何か買い忘れたのかい？」

「ああ。大事なものを買い忘れたんだ」

店主の言葉に剣が少し恥ずかしそうに笑いながら言うと、悠がとことこと店の中を歩いていく。そして、いきなり大きな声を出した。

「ない！」

驚《おど》いた店主が声のほうを向くと、悠が陶器類を置いたコーナーで固まっていた。昨日、急須《きゅうす》を置いていたあたりだ。

「あ、本当だ。昨日は置いてあったのに今日はない。売り切れちゃったか……」

棚を見た剣も、残念そうに眉尻を下げる。悠はというと、愕然《がくぜん》として棚を見つめていた。

二人のそんな様子を見て、店主は何か思いついたように奥に戻っていった。

「悠、残念だけど今日は諦《あきら》めよう。また別の店で探そう」

「……うん」

意気揚々《いきようよう》とやってきた悠は、明らかに意気消沈してしまった。その背をさすってやりながら、剣は次なる店を検討していた。すると、店の奥から店主が戻ってくる。手には、新聞紙に包まれた小ぶりな何かを持っている。

「おじさん、すみません。今日はこれで……」

「ああ、いや。悠ちゃんが探してたのは、これかな?」

そう言って、店主が新聞紙の包みを剥《は》がす。すると中から、黒い陶器の急須《きゅうす》が現れた。側面には、優雅に尻尾を揺らす白猫が描かれている。まさしく悠が昨日、見たものだ。

「ねこちゃん!」

「これ、棚になかったのに……」

剣が疑問を最後まで口にするより前に、店主は得意げに笑った。

「昨日、悠ちゃんが気になってたみたいだからな。また来るんじゃないかと思って取っておいたんだ」

悠が目をキラキラ輝かせている様子を見て、店主は満足そうだった。まるで孫をかわいがる好々爺《こうこうや》のような笑みだ。

「すみません、わざわざ……」

「いや、いいんだよ。欲しいと思ってくれる人に買ってもらうのが一番いいだろうさ。ところで、昨日の急須《きゅうす》はどうするね？」

「両方使います。あれも品のいい柄《がら》だから、お客さんにはあっち、悠と二人のときはこっち、と使い分けるつもりですよ」

「そうかそうか。悠ちゃん、いっぱいお茶するんだよ」

「うん！」

悠は落とさないように、そっと急須《きゅうす》を新聞紙の上に戻した。今から大事にしている。

その様を見て、店主は穏やかに微笑みながら、もう一度丁寧に猫の急須《きゅうす》を梱包《こんぽう》していった。

新聞紙を何重にも包んで、袋に緩衝材《かんしょうざい》をいくつも詰め込んでから悠に手渡す。

「はい、どうぞ」

「ありがとう！」

「うん、またおいで」

剣と悠は店主に深々とお辞儀をして、店をあとにした。

歩いている間、悠は大事に抱えた急須《きゅうす》をチラチラ見ては、そのたびにニコニコしている。

「悠、猫好きだな」

「うん」

「……白猫の絵本、そんなに楽しかったのか？」

「うん！」

悠は新聞紙の奥に眠る白猫と対面するのが待ち遠しいというように、新聞紙をまじまじ見つめている。それほどに絵本が楽しかったのだろうか。もしくは母との思い出だからだろうか。どちらにせよ、いい思い出なのは間違いない。

悠が、笑顔で振り返ることができる数少ない思い出なのだ。

憤《いきどお》りを禁じ得なかった母親ではあるが、悠にとってはただ一人の母親である。

その短くもあり長くもある年月が、惨《むご》い時間だけではなかったということだろう。

「なあ、悠。その白猫の絵本、また読みたいか？」

剣の言葉に、悠はきょとんとして顔を上げた。思ってもみなかった言葉らしい。

「いや、ほら……捨てちゃったって言ってたけど、悠は好きだったんだろ？　好きなら手元に置いておいても……」

悠は何度か目をぱちくりして、考え込むように俯《うつむ》いてしまった。

また、悩ませてしまったのかと剣は焦った。だが、悠はすぐに顔を上げる。そして、ふるふると首を横に振った。

「いらないのか？」

悠は頷《うなず》いた。そしてほんの少しもじもじすると、意を決したように、力強く剣の顔を見上げる。

「ほかのご本、よみたい」

「他の……白猫は？」

「しろねこちゃん、たくさん読んだ。ほかのご本も、もっとたくさんよみたい」

そう言う悠の手には、『白猫』がぎゅっと握りしめられている。

(そうか。『白猫』は、もうちゃんといるんだな)

「そうか……そうだな、うん」

剣はがしがしと力一杯、悠の頭を撫《な》でる。

「じゃあ、次は本屋さんに行こうか」

「うん」

「本屋さんの次は……八百屋さんかな」

「うん！　おやさい」

「ああ、何を買おうか……」

元気な返事とともに、二人は歩みを進める。何を買おうか、今晩は何を食べようか……そんなことを話しながら。その姿を見た誰かは、思わず微笑んで呟《つぶや》いた。

「仲の良い親子ね」と。

残念ながら、剣と悠のもとには届いていないようだが……

第五章　しあわせのひなまつりケーキ

どこにあるんだろう？

どんなにさがしても、見つからない。本の中では、さいごに見つけてしあわせになっていたのに。

だけど、かんたんには見つからないからこそ、見つけた人はしあわせになれるんだって、剣は言ってた。

だったらやっぱり、見つけたい。

『しあわせ』は、たくさんあったほうがいいって思うから。

いさじに、しろがねに、あかがねに、剣……みんなにあげたいから。

❖

冬のわりには暖かく、春とするには肌寒い、どちらとも言えない曖昧《あいまい》な日曜日。

三月初旬の空はからっと晴れ渡っていた。透き通るような青空の下、深い緑に包まれた庭では、小さな子どもがパタパタと走り回っている。

あちこち覗《のぞ》き込《こ》んでは、また別の場所へ移り、またじっと覗《のぞ》き込《こ》む。その繰り返しだった。

そんな小さな姿に向かって、家の中から呼び声がかかる。

「おーい、悠。洗濯物干すの、手伝ってくれ」

そう言って、居間の縁側から、剣が大きなかごを持って顔を出した。

しかし、呼びかけに対する返答がない。庭を見回しても姿が見えない。どこに行ったのかと思い、もう一度呼んでみると、悠は足元からひょこっと顔を出した。

「これ！」

ほっぺたに泥《どろ》をつけて、目をキラキラさせて悠は言った。ほっぺたと同じくらい泥《どろ》だらけのその手には、小さな葉っぱが握られている。

細い茎から大ぶりな葉が三方向に広がる葉っぱだ。ところどころ、白い筋も見える。

「ああ、探してたんだな。でもこれは……ちょっと違うかな」

剣がそう言った途端、悠はしょんぼりしてしまった。やっと、見つけたと思ったのだ。

「えぇと……探してるのは四つ葉のクローバーだろ？　葉っぱが四枚ないと。これは、三枚だろ」

「うん。よんまい！」

少し元気を取り戻したようだ。

悠は朝早くからずっと庭に出て、四つ葉のクローバーを探している。

最近は、このことになると疲れを知らないように動き回る。剣としては悠の体力が心配なので、どうやって休憩させたものかと思案する日々だった。

「とりあえず、これから洗濯物を干すから、お手伝いしてくれるか？」

「うん」

「よし、じゃあまず手を洗ってきな。泥《どろ》だらけだぞ」

「うん！」

悠は縁側から居間に上がり、とことこと洗面所に駆けていった。

剣は悠が縁側に置いていった四つ葉のクローバーならぬ三つ葉の葉っぱを眺めて、ため息をつく。先日読んだ絵本に出てきた四つ葉のクローバーを、悠は自分も見つけたいと躍起《やっき》になっているのだ。そこで目につく緑色の場所……つまりは家の庭を手当たり次第に探索《たんさく》し始めた。もう三日目になる。

悠は家にいる間はほぼずっと庭を歩き回っている。ずっと熱心に探し回っているから、剣は言い出せずにいた。四つ葉のクローバーはシロツメクサの突然変異であり、その出現確率はおよそ一万本に一本。ただでさえ入手困難なのに、家の庭限定で探したところで見つかりっこないのだ。それがここ最近、最も剣の頭を悩ませていることであった。

悠の希望に満ちた瞳《ひとみ》を思い出して、剣はまた一つため息を吐く。すると、廊下からパタパタと足音が聞こえた。

「あらった！」

「よし、じゃあ洗濯物、干しちゃおうか。終わったら……買い物に行こうな」

「おかいもの！」

悠の瞳《ひとみ》は、『お手伝い』や『お買い物』という言葉に反応し、楽しげに輝いている。

剣は、とりあえず目先のクローバー問題から、悠の気を逸《そ》らせることに成功したのだった。

❖

最寄り駅から徒歩五分、剣たちの家からは十分ほどの場所にある商店街。

剣は買い物といえば大抵ここに来る。最近は、悠も伴って来るのが日課となっていた。以前は、剣の主《あるじ》も足繁《あししげ》く通っていた場所だ。

気分転換と買い出しのために繰り出した二人は、道行く人の視線を集めている。

皆微笑ましそうに、二人を見ていた。以前も世話になった八百屋さん夫妻などは、顔を見るなり袋いっぱいの飴《あめ》を渡そうとしてくる。ちなみに以前もらった飴《あめ》は、まだたくさん残っている。

「あら剣さん、悠ちゃん。こんにちは」

「今日はいいの、入ってるよ」

「今日も仲良しだねぇ」

商店街の人たちに声をかけられるたび、悠はにこにこ笑って挨拶を返す。

以前は近寄られるだけで怯《おび》えて剣の陰《かげ》に隠れていたというのに。大きな変化に、剣のほうが驚《おどろ》かされる。

「悠、もう怖くないのか？」

「うん、やさしい！」

この頃、悠は語彙《ごい》が増えてきた。それとともに、剣にも悠の言いたいことがわかるようになってきた。今の言葉は、『皆、優しくて好き』の意だろう。

「そうか、よかった」

急に剣が笑ったから、悠はきょとんとしていた。

剣は、悠の手を握った手に力をこめ、ぐんぐん歩を進めた。

「よし、今日はもうちょっと遠くまで行こう」

「とおく?」

「そう、商店街の向こうまで行こうか」

まだ歩き回る体力のない悠に考慮して、これまで商店街に来ても途中で引き返していた。

商店街全体の距離にしてみれば、半分ほどだ。しかし今日は、最後まで抜けてみようとする。

「おみせ、ある?」

「ああ、あるとも。とっても美味《うま》いものを売ってるお店だ」

剣が力強く頷《うなず》く様を見て、悠の瞳《ひとみ》はまた輝きだした。

❖

商店街のアーケードを抜けた先……商店街西側のすぐ正面に『ひまわりベーカリー』という店がある。商店街の中では比較的新しい店だが、他の店に劣らない人気店だ。朝早くに、昼ご飯時に、晩ご飯前に、買い物帰りの人々の鼻孔《びこう》をくすぐる香ばしいパンの香りが、あっという間に心を鷲掴《わしづか》みにする。

近所にスーパーができた今でも、食パンはこの店でなければと言う客が数多くいる。

家族三人で切り盛りしているこの店は、この近隣の人々にとっては、なくてはならない存在だった。

そんなひまわりベーカリーには看板娘がいる。一人娘の『日向紡《ひなたつむぎ》』だ。

学校は休みだというのに朝から店内の掃除《そうじ》、商品の陳列、接客……今は店先を掃除《そうじ》し、通りかかる常連客に向けて、にこやかに挨拶をしている。

その姿を見ると、誰しもが声をかけずにはいられない。それは剣も同じだった。

「よう、むぎちゃん！」

「剣さん！　こんにちは！」

春の陽気のような笑みを浮かべて、紡は振り返る。

「今日も元気だなぁ」

「取り柄ですから」

紡は、現在は高校生。遊びたい盛りだろうに、店の手伝いを欠かさず続けていた。剣がいつ訪れても店におり、明るく笑顔を振り舞いてくれる。

剣から温かな眼差しを受けて、紡ははにかみながら店のドアを開けた。

「さ、どうぞ入ってください」

「ありがとうな。今日の日替わりパンは何かな？」

「今日はですね～」

　この日向一家は、数年前に市外から引っ越してきた。

越してきてすぐに、剣と主《あるじ》が切り盛りしていた店にやってきて、常連になってくれたのだ。

紡がまだ小学生だった頃だ。そんな頃から家族ぐるみの付き合いであるため、剣にとっては家族や親戚に近いような感じだ。

　剣が紡の話にうんうん頷《うなず》いていると、剣は足元にいるべき人影がいないことに気付く。慌てて周囲を見回すと、悠は店のドアの向こうからそっと店内を覗《のぞ》き込《こ》んでいた。怯《おび》えた小動物のようだ。

「おーい、そんなところにいないで中に入ろう」

　剣に呼ばれて、悠はおずおずと寄ってくる。初めて見る紡にびくびくしながら、悠は剣の足にしがみついた。

「……へ？　こ、子ども……⁉」

　紡が出した素《す》っ頓狂《とんきょう》な声に、剣まで驚《おどろ》いた。

「え、今日『こどもパン』なかったっけ？　日替わりの動物のやつ」

「え、あ、あります！　今日はパンダさんです」

「そっか、よかった。パンダさんだってさ、悠」

悠は目をぱちくりさせて、剣と紡を見比べる。

「……ぱんださん？」

「そ、そうだよ。ほら、パンダさん。黒いところはチョコ生地で、中にもチョコクリームがたっぷり入ってるんだよ」

紡がパンダのパンを一つ、トレーに取ってあげると、悠は不思議なものを見るように、まじまじとパンを見つめていた。

何も言わないが、瞬きを繰り返し、そのたび目が大きく見開かれていく。どうやら気になっているようだ。

「え〜と……食べてみる？」

紡が言うと、悠はぴくんと小さく跳ねた。頬《ほほ》が赤くなり、じーっと手元のパンを見つつ、剣に視線を送っている。

剣は、くすりと笑って頷《うなず》く。

「むぎちゃんに『ありがとう』を言ったら、いいよ」

「あ……ありがと！」

小さな体をめいっぱい折り曲げて、悠はお辞儀をした。

「ど、どういたしまして！」

紡も大きく頭を下げ、パンの載ったトレーを差し出す。

悠は遠慮《えんりょ》がちに紡を見ていたが、紡が頷《うなず》くのを見て、おずおずとパンを受け取った。まだほんのりと温かなパンの感触に、驚《おどろ》きのため息を漏《も》らす。

悠はどこからかじるか迷った上で、耳から小さくぱくりと食べた。

最初はゆっくりと噛み締めるように、徐々にモグモグ食べるスピードが上がり、あっという間に、次が待てないというようにパクパクと食べ進めていく。

パンを頬張《ほおば》る大きなほっぺたと、星空にも負けないキラキラ輝く瞳《ひとみ》が、言葉よりも饒舌《じょうぜつ》に美味《おい》しいと言っていた。

「やっぱり気に入ったみたいだな。絶対好きになると思ったよ、あのパン」

「よかった！　また常連さんが増えました」

紡の言葉を聞いて、剣は安堵《あんど》する。剣は、紡ならそう言ってくれると期待していた。親切で、客の様子をよく見ている紡なら、きっとすぐに悠のことを受け入れてくれるだろうと。

先ほど、悠に驚《おどろ》いていた様子を見たときはどうなることかと思ったが、杞憂《きゆう》だったようだ。

だがそれでも、剣と目が合うと紡は何故《なぜ》か視線を逸《そ》らし、なんだか気まずそうにぽつりと呟《つぶや》くのだった。

「その……ご、ご、ご結婚、おめでとうございます」

「え、結婚？　いや、それは……なんで急に？」

紡の言葉は、まったく予想外の発言であった。

「だって娘さんがいるってことは、奥さんも……」

「あ、あぁ……え～と、ちょっと事情が複雑で……」

剣はそのときようやく、自分の感覚が世間一般と少しずれていることを思い出す。

剣は難しい顔をして、頭をガリガリ掻《か》き始《はじ》める。とりあえず今、この場をしのがねばならない。

「し、親戚の子を……引き取ることになってな。一緒に暮らせない事情というかなんというか……まぁ詳しくはいずれ……とにかく、奥さんはいないんだ。この子だけだよ」

「いない……んですか？　そうなんだ……」

どちらともなく、会話が途切れてしまった。

（やっぱり世間の反応はこうだよな、普通……）

剣がそんなことを考えたそのとき、悠が紡のエプロンの端をつんつん引っ張る。

「どうしたの？」

「おいしい！」

悠は、満面の笑みでそう言った。

「そっか、よかった」

紡も思わず顔を綻《ほころ》ばせ、クスクス笑い出す。悠の口の周りがチョコクリームまみれで、濃い髭《ひげ》が生えたようになっていたからだ。

「悠、おじさんみたいになってるぞ」

「おじさん？」

剣もクスクス笑いながら悠の口の周りをハンカチで拭《ぬぐ》ってやった。『髭《ひげ》』が可愛らしかったのか、それとも可笑《おか》しかったのか、紡もまだ笑っていた。

「パンダさん、そんなに美味《おい》しかった？」

「うん、おいしい！」

まだちょっとクリームのついた口から、めいっぱいの声を上げて悠は叫んだ。自然と、紡は微笑み返す。

「よし、じゃあお姉さんがパンダさんパンをプレゼントしよう！　常連さんになってね」

「ジョーレン……？」

「え～と……また来てねってこと」

「うん！」

渡されたパンの袋を握りしめて、悠は大きく頷《うなず》く。

「ごめんな、むぎちゃん。ちゃんと代金払うから」

「いいんです！　私が食べてほしいんです！」

「……でもなぁ」

まだ頷《うなず》きかねている剣だったが、急にそうだ、と目を見開いた。

「むぎちゃん、今度雛祭《ひなまつ》りパーティーに来ないか？」

「え、雛祭《ひなまつ》りパーティー……ですか？」

『雛祭《ひなまつ》り』なんて言葉が剣の口から飛び出すと紡は思っていなかったらしい。戸惑《とまど》っている紡に、剣はさらに続けた。

「今度、家で悠の初めての雛祭《ひなまつ》りをやろうって言っててな。パーティーって言っても、俺の知り合いがあと三人来るだけなんだが……よかったら、来てくれないか？　悠とむぎちゃん、二人の雛祭《ひなまつ》りだ。ちょっと時期が遅れたけどな」

「……ぜひ行かせてください！」

紡が元気に答える。その表情は、少し早い桜が開花したかのようだった。

「じゃあ決まりだな」

まだ春には少し遠い肌寒い日だが、店の中は花が咲き乱れたように明るく暖かく、和《なご》やかな空気に満ちたのだった。

❖

翌週の日曜日、剣も悠も朝からパタパタと忙しく走り回っていた。

今日は、紡を招待しての雛祭《ひなまつ》りパーティーだ。伊三次たちだけなら準備もそこそこでいいのだが、初めて来るお客様がいるので、疎《おろそ》かにはできない。

剣は入念に掃除《そうじ》をし、食材の仕込みにも余念がない。

「なにせ女子高生だしなぁ。いつもきっちりしてる子だし、きれいにしてお出迎えしないと、な？」

「うん」

剣の言葉に、悠は大きく頷《うなず》く。

約束の時間まであと一時間ほど。もうそろそろ伊三次たちが到着する。そうしたら飾り付けをして、仕込みの最終段階に入って、紡を待つばかり、という予定だ。

頭の中で段取りを確認する剣の耳に、インターホンの音が聞こえた。

「お、伊三次が来たな」

入ってきたら早速飾り付けを任せよう。そう思っていたのだが、玄関の戸が開く音がなかなか聞こえない。いつもならインターホンが鳴るとすぐに戸が開き、声がかかる。

首を傾《かし》げる剣の耳に、再度、遠慮《えんりょ》がちなインターホンの音が届いた。

「まさか……！」

慌ててインターホンをとると、呼び出し音と同じくらい遠慮《えんりょ》がちな声が聞こえてきた。

「あの、剣さん……こ、こんにちは」

「むぎちゃん⁉ は、早いな」

「そ、そうですよね。何かお手伝いできればと思ったんですけど……し、失礼しました！」

「い、いや手伝いなんて……とにかく入って」

剣はそう言って、玄関へ向かった。外に出ると、紡が門の前でちょこんと立っているのが見えた。

「そんなとこにいないで、門なんて勝手に開けて入っちゃっていいのに」

「いえ、初めてうかがうお家でそれは……」

肩を竦《すく》める紡を見て、剣は何やら胸の奥がじんわり温かくなった。伊三次たち三人は、初めて来たときからずかずか上がり込んでいたことを思い出す。

（アレと比べると、なんて慎ましいんだ……）

目頭が熱《ほて》っている剣を心配そうに覗《のぞ》き込《こ》む紡。そこで、二人に明るい声が届いた。

「むぎちゃん」

「悠ちゃん！」

玄関まで来た悠が、じっと紡のことを見つめていたのだ。恥ずかしそうに、そしてちょっと嬉しそうにはにかんでいる。先日パンダパンをくれた日から今日までずっと、悠は「あと何回寝たら、むぎちゃんにあえる？」と何度も何度も尋《たず》ねていた。

それほど楽しみにしていたのに、いざ目の前にするともじもじしてしまうのは、控《ひか》えめな性格からだろう。門を通った紡は、玄関でしゃがみこみ、悠と目線を合わせた。

「こんにちは、悠ちゃん」

「こ……コンニチハ」

「今日は、お招きありがとうね」

「おまねき？」

「えーとね……すっごく会いたかったよ！」

紡がそう言うと、悠はほっぺたを赤くして頷《うなず》く。

そして、そろそろと紡の手を引いて、家の中へと促《うなが》した。廊下に、パタパタと二人分の軽やかな足音が響《ひび》く。

悠が脱いだままにしたサンダルを元に戻しながら、剣はその音を聞いていた。

（まるで普通の、どこにでもいる子どもみたいなはしゃぎ方だ）

❖

「改めて……いらっしゃい、むぎちゃん。迷わずに来られたか？」

「大丈夫です！　今日はお招きいただいてありがとうございます！」

玄関から居間へ移り、剣は改めて紡と挨拶を交わした。

きっちりとお辞儀をする紡に、剣も頭を下げる。次いで、足元にいる悠にも挨拶を促《うなが》した。

おずおずとお辞儀をする悠にも、紡は丁寧にお辞儀を返す。

「ごめんな、まだ準備できてなくて。ちょっと、こたつで暖まっててくれるか？」

「いえ、私が早く来すぎちゃっただけですから！　あとこれ、つまらないものですが！」

紡はそう言って、鞄から小さな袋を取り出し、悠へ向けて差し出した。小さなピンクの紙バッグを、可愛らしいシールでデコレーションしたものだ。

「なんだろうな？　悠、開けさせてもらおうか」

悠はそろそろと受け取り、袋の口を開くと、感嘆のため息を漏《も》らした。

「おお、これって……」

「剣さんにこんなのお見せするのは、ちょっと恥ずかしいんですけど……」

花柄《はながら》の透明な袋にピンクのリボンが巻かれている。その袋には、小さなキューブ型のお菓子が入っていた。白、ピンク、緑、茶色の四色に染め上げられた、まるで角砂糖《かくざとう》のようなお菓子だ。

「雛祭《ひなまつ》りだから、雛《ひな》あられを作ってみました。パンの耳で作った、『なんちゃって雛《ひな》あられラスク』です」

「へぇ、ラスク。きれいだなぁ。さすがパン屋の娘さんだ。どうやってこんなにカラフルにしたんだ？」

「緑は抹茶、茶色は黒糖、ピンクは食紅です。全部水で溶いた砂糖《さとう》に混ぜて、それをパンにコーティングしたんです」

悠の目が、袋の中を転がるラスクに釘付《くぎづ》けになる。次に悠は袋を持ち上げて、かざして見た。すると……

「きらきら！」

悠は袋を縁側のほうに向けてかざしている。剣も紡も、しゃがんで悠と目線を合わせる。すると、確かに『きらきら』が舞っていた。

「そうだな。きらきらしてるなぁ」

「本当だ。こりゃすごい」

「ひぇ⁉」

いつの間にか一人分増えている声に、紡が驚《おどろ》きの声を上げる。

声の主《ぬし》はいつの間にかやってきて、いつの間にか居間に入っていたようだ。

その正体は、伊三次だ。

「よう、剣。来たぞ」

「『来た』じゃなくて、『来てた』だろ。声ぐらいかけろ」

「いや、なんか楽しそうだったし」

伊三次は肩を竦《すく》めながら、紡にちらりと視線を送る。

伊三次は紡とは初対面のはずだが、何故《なぜ》か紡を見てにやにやしている。当然、紡は困惑しているので、剣が慌てて紹介した。

「むぎちゃん、こいつは菅原伊三次。俺の古馴染《ふるなじ》みだ。怪しく見えるかもしれないが、悪い奴じゃないから」

「は、はい……剣さんがそう言うなら」

紡がそう言うのを見て、伊三次はさらににんまりと笑って、右手を差し出す。

「どうもどうも。『剣さん』の友人の伊三次だ。『剣さん』の友人だけあって、悪人ではないから、『剣さん』ほどじゃなくていいが仲良くしてくれや」

「え？　は、はい。よろしく……」

伊三次がわざとらしく『剣さん』を強調する意味が剣には測りかねたが、握手を交わしているので大丈夫だろうと思うことにした。

だが、ふと気付いた。伊三次が来たにしては、やけに静かだ。

「伊三次、あの二人は？」

「あいつらか？　玄関上がったところで出てきてたはずなんだが……あれ、いない」

伊三次もあの騒がしい二人の姿を捜《さが》して周囲をキョロキョロしはじめる。文句を言いながらも伊三次の側を決して離れないあの二人の姿が、今日は見えない。

かと思うと、紡のすぐ側で声が聞こえた。

「娘よ。その菓子、我らの分もあるのだろうな？」

「ひえぇ⁉」

先ほどよりも大きな悲鳴を上げる紡。二人のうちの一人が姿を現した。紡の耳元で黒いスーツを纏《まと》った銀髪の青年が囁《ささや》いていたのだ。

声は、次いで紡の反対側の耳元でも聞こえる。

「銅、近いぞ」

「ひえぇぇぇ⁉」

紡はもっと大きな悲鳴を上げたが、二人はそんな紡にはかまわず、紡を挟んだ頭上で言い合いを続けている。

「相手は年頃の娘。おまえのような……軽薄《けいはく》な者に免疫《めんえき》がないのだろう。離れてやれ」

「そう言うお主《ぬし》も同じような距離ではないか」

「おまえよりは距離を取っているし軽薄《けいはく》さはない」

「一歩ぐらい、なんの差にもならんわ。あと顔は同じじゃから軽薄《けいはく》さなんてないわい！」

「やかましい！」

もはやどっちを向いたらいいかわからず困惑する紡。すると両側の男たちに一発ずつ、ゴツンと拳骨《げんこつ》が喰《く》らわされた。

「痛いですぞ、主様《ぬしさま》！」

「主様《ぬしさま》、私は銅を止めただけです……」

「同罪だ、バカタレ！　二人して、か弱いお嬢さんを脅かしやがって」

銀と銅は、揃って頭をさすっていた。

いきなり現れたかと思ったら喧嘩《けんか》を始めた二人を、紡は唖然《あぜん》として見ている。

「えーと……あの双子《ふたご》は銀と銅。今日のパーティー参加者だ」

「あ、はい……すごいですね。全然足音が聞こえませんでした」

紡の言葉に剣も伊三次もぎくりとする。おそらく銀と銅の二人は、居間まで狐《きつね》の姿で入ってきていたのだ。だが紡がいて、人間の姿になったほうがいいと察し、紡が剣や伊三次に気を取られている隙に、彼女の背後で姿を変えたのだろう。紡からすればとんだ手品だ。

剣と伊三次は視線を交わし、大げさなほどの大声で語った。

「さあさあ、お客さんにこんないいものいただいちゃったら、俺が頑張らないわけにはいかないな。なあ、伊三次？」

「そ、そうだな。俺も飾り付け頑張らないわけにいかねえなぁ。派手で豪華にしないと。おまえらも頑張るんだぞ！」

そう言って剣は立ち上がり、再び台所に向かおうとした。そんな剣を、紡が遠慮《えんりょ》がちに引き留める。

「あ、あの……私、お手伝いしてもいいですか」

尋《たず》ねると言うより、お願いに近い言い方だった。だが剣は承諾《しょうだく》しかねる。

「うーん、それはちょっと気が引けるなぁ。むぎちゃんにはゆっくりしててほしいし……」

「いいじゃねえか」

そう、けろりと言ったのは伊三次だ。

「伊三次……でもむぎちゃんは、今日のメインゲストだぞ」

「悠だってそうだろ。でも悠はこれから俺たちと一緒に飾り付けをする。むぎちゃんだけ何もするなって言うほうがのけ者にしてるみたいだぞ。剣もまだ料理は終わってないんだろ。ありがたく手伝ってもらえや」

「は、はい！　なんでも言ってください！」

伊三次と紡に立て続けに言われ、剣は何も言えなくなる。

「うーん、じゃあちょっとだけ頼もうかな」

「はい！　ちゃんとエプロンも持ってきました！」

「よし。じゃあ、美味《おい》しいもの作ろう」

「はい！」

そうして、剣は悠を伊三次たちに任せ、紡を伴って台所へと向かった。

❖

「うわぁ……！」

台所に一歩入るなり、紡は感嘆の声を上げる。その声に、剣のほうが驚《おどろ》いてしまった。

「ど、どうした？」

「あ、いいえ。本格的な調理器具だなって思って。ほら、竹のざるとか私の家にはないし。網だって目の大きさで分けていくつもあるし。擂《す》り粉木《こぎ》なんて……これ山椒《さんしょう》ですよね？　すごくいい香り……さすが、こだわってるんですね」

過剰なほどの褒《ほ》め言葉《ことば》に、剣はかえって恐縮してしまった。

「そんなに感心するようなもんじゃないよ。全部使ってるってわけでもないし」

「そうなんですか？」

「これは半分以上、元々店にあったものだよ。ほら、むぎちゃんもよく来てくれたろう。店を畳《たた》むときに引き上げたんだ」

「あ、そう……なんですね。じゃあお仕事のときに使うんですか？」

「包丁《ほうちょう》は自前で持って行くね。他の調理器具はこの中から必要なのを持っていったりもするし、客先の厨房《ちゅうぼう》のをお借りすることもある。注文内容や状況によるな」

「へぇ……さすが、プロは違いますね」

「むぎちゃんの親父さんだって同じこと言うさ」

「うちのお父さんはどうかなぁ……ところで今日は何を作るんですか？　実はさっきからいい匂いがするなって思ってたんです」

紡がすんすんと鼻を鳴らすのと、剣がにやりと笑うのはほぼ同時だった。

紡の言う『いい匂い』は柔《やわ》らかく包み込むように台所中に広がっている。

香りは、調理台の手前に置かれたテーブルに、どんと置かれている寿司桶《すしおけ》のあたりから発せられていた。紡が来る直前まで、剣が準備していたものだ。

「わぁ……もしかしてちらし寿司ですか？」

「ご名答。雛祭《ひなまつ》りだからな」

そう言うと、剣は炊飯器から寿司桶《すしおけ》に炊き立てのご飯を移した。つやつやのご飯がほかほかの湯気《ゆげ》を立てている。その横には、すし酢《ず》の入った器がある。

「実はこれからすし飯を作るんだ」

「え、ごめんなさい！　早く作ったほうがいいのにお邪魔しちゃいましたね……」

「いいよ、ちょっとぐらい。それより、混ぜたり冷ましたり具材作ったり……まだまだ忙しいから、頼りにしていいか？」

「は、はい！」

紡はぱっと顔を綻《ほころ》ばせた。やはりお客さん扱いよりこちらのほうが嬉しいようだ。

「じゃあ早速だけど、俺がひたすら混ぜるから、こっちのすし酢《ず》を上から少しずつかけてくれるか？」

「はい」

紡は剣に言われたとおり、すし酢《ず》の器を手に取り、少しずつ寿司桶《すしおけ》のご飯に流し入れる。剣はそれをしゃもじで受けながらご飯と混ぜ合わせる。下からひっくり返し、そして切るように……

酢のツンとした酸っぱい香りと、米の甘い香りが合わさり、湯気《ゆげ》にのって、寿司桶《すしおけ》を覗《のぞ》き込《こ》む二人を包み込んだ。

「これだけで美味《おい》しそう……」

「そう言ってもらえるのは嬉しいが、これじゃちょっと味気ないからなぁ」

「え～？　絶対美味《おい》しいですよ」

ワクワクした顔でそう言う紡を見て、剣の心もほんの少し軽くなった。

「じゃあむぎちゃん、次は菜の花を茹《ゆ》でてくれるか？」

「菜の花？」

調理台の端には、まだ袋に入ったままの菜の花が置いてある。さらにその側には、焼鮭《やきじゃけ》の身がいくつか置いてある。

「すし飯が一段落したら取りかかろうと思ってたんだ。あ、茎と花は別々にしておいてくれると嬉しいな。頼めるか？」

「わかりました！　お鍋《なべ》と包丁《ほうちょう》、使わせてもらいますね」

紡はすぐにラックに手を伸ばし、片手鍋《かたてなべ》を引っ張り出した。たっぷりの水を入れて火にかけて、今度は菜の花を水洗いする。

「剣さん、包丁《ほうちょう》ってどれをお借りしたらいいですか？」

「どれでも好きなの使ってくれ」

調理台の上には包丁《ほうちょう》ラックもあり、何本もの包丁《ほうちょう》が刃をしまわれて取っ手部分を向けている。紡はその内、端にしまってあったものを手に取った。

「！　それは……」

「え、どうかしたんですか？」

剣の視線は、紡の手にした包丁《ほうちょう》に釘付《くぎづ》けになっていた。紡は包丁《ほうちょう》と剣を見比べて、戸《と》惑《まど》っている。

「これ、使っちゃダメなんですか？」

「あ、いや……大丈夫。使ってくれ」

そう言って、剣は何事もなかったかのように作業に戻る。

紡はまだ首を傾《かし》げていたが、やがてそのまま手にした包丁《ほうちょう》で、目の前の菜の花を刻んでいく。紡が鍋《なべ》に菜の花を投入し、タイマーをセットする傍《かたわ》らで、剣は焼鮭《やきじゃけ》の身をほぐす。

剣の手さばきは速く、あっという間に細かな朱色のほぐし身が大皿いっぱいに出来上がった。

剣は続いて、テーブルの上で冷ましていた卵焼きの皿を引き寄せる。いつもは厚焼き卵のようにくるくる巻いているのだが、今回は巻かずに、黄色い折り紙のように一枚一枚重ねている。重ねたまま、まな板の上に移して、細く丁寧に刻んでいった。切り離された卵は、さながら絹糸のように、皿の上にさらりとその身を横たえる。錦糸卵だ。

「よし」

最後の一片まで均一に切り終わると、剣は小さく息を吐いた。

緊張を解いたそのとき、廊下からなにやら足音が聞こえてくる。小さく軽いが、勢いのある足音だ。

「これ！」

剣も紡も想像したとおり……悠が、そこに立っていた。

その手には、小さな折り紙の人形が握られている。これを見せにきたのだろうか。頰《ほほ》が紅潮して、嬉しそうだ。

「おお、可愛い人形だな。銅たちに教わったのか？」

「おひなさま！」

「そうか、雛人形《ひなにんぎょう》なかったもんなぁ。作ってくれたのか」

悠は先日までちゃんとした雛人形《ひなにんぎょう》を知らなかった。

初めて雛人形《ひなにんぎょう》を持てて嬉しいのだろう。紙でできた『お雛様《ひなさま》』を、壊れないようにそっと、しかしぎゅっと強く抱きしめている。

「そうだ、むぎちゃんにも見てもらいな。今日のもう一人の主役なんだからな」

「うん！」

悠は大きく頷《うなず》くと、パタパタと紡のもとへ駆けていく。見せたい気持ちが勝っているのか、手にした人形を突き出すように持って走る。すると、そのとき――机の角を曲がり切れずに、悠の体がぐらついた。そして、次の瞬間には、音を立てて調理台にぶつかっていた。

大丈夫か、と剣も紡も叫ぼうとして、動きが止まる。

涙を滲《にじ》ませる悠の頭上には、調理台の上に置かれていたまな板と、包丁《ほうちょう》があった。悠がぶつかった衝撃で、それらが台の上で大きくぐらつき、そして滑《すべ》り落《お》ちた。

「危ない！」

そう叫んで駆け出したのは、剣と紡、同時だった。

剣のほうがわずかに速く、悠を庇《かば》って伏せる。剣の背後で、紡が息を呑《の》む音が聞こえた。

普通なら、自然と想像してしまうだろう。剣の背に、大きな包丁《ほうちょう》が深々と突き刺さっている光景を。だが剣は違った。ただ、念じた。

（この子を傷つけてたまるか！　料理を作って、人を幸せにするための包丁《ほうちょう》が、この子を傷つけてなるものか……！）

包丁《ほうちょう》は硬《かた》い金属音を立てて床に落ちた。その音と同時に剣が勢いよく起き上がり、そして――

「悠、大丈夫か⁉」

「ふ、う、うえええぇぇぇ！」

悠に怪我《けが》がないか声をかける。転んで頭をぶつけて驚《おどろ》いている悠の泣き声が、響《ひび》いた。

「ああ、びっくりしたんだな。よしよし……うん、ちょっとぶつけただけだな。よかった……！」

悠の体のどこにも切り傷や痣《あざ》がないか確認し終えた剣は、ぎゅっと力の限り悠を抱きしめた。その声を聞いて、バタバタと他の面々も走ってくる。居間にいた伊三次と双子《ふたご》たちだ。

「なんだ、どうした⁉」

「童《わらべ》！　転んだか⁉」

「大丈夫ですか⁉」

三人同時に現れ、叫ぶ。三人は剣と泣きわめく悠を見て、ほっと胸を撫《な》で下《お》ろしていた。

あれだけ泣くのなら、ひとまずは安心だと伝わったらしい。

「ああ、無事だよ。騒がせたな」

「いや、すまん。まだ作業中なんだから止めとけばよかった」

「あいすみませぬ、剣殿……」

剣が言うと、伊三次と銅が申し訳なさそうに言う。折り紙を教えて、一番面倒を見ていたのであろう銅が、ひときわ頭を下げ、落ち込んだ様子だった。

「銅、気にしないでくれ。子どもが転ぶのはよくあることだ」

「そ、そうです！　それを言うなら私が悪いんです！　私が、ちゃんとすぐに包丁《ほうちょう》をしまわなかったから……」

罪悪感を抱いているのか、紡の声はだんだんとしぼんでいった。

当然だが、紡を責める気持ちなど、剣には微塵《みじん》もなかった。

目の前で包丁《ほうちょう》が人に突き刺さるかもしれない場面を見て、怖かったに違いない。剣は、ぽんぽんと紡の頭を撫《な》でた。

「手伝ってくれって言ったのは俺なんだ。むぎちゃんが気にすることなんて、何もないだろう」

「で、でも……」

「まだ全部茹《ゆ》で終《お》わってないんだ。片付けてなくてもおかしくない。そんな顔、しなくていいんだ」

　剣は片腕で悠の頭を、もう片方の手で紡の頭を撫《な》でながら、その場の全員を振り返る。

「よし。ちょうどいいから、これから皆でちょっと手伝ってくれ。最後の仕上げ——の準備だ」

「なんだよ、仕上げの準備って」

　伊三次が不満げな声を出しつつ、双子《ふたご》とともに笑って寿司桶《すしおけ》の前に集まる。

　剣とともに立ち上がった悠も、これから楽しそうなことがあると伝わったのか、泣くのをやめて、そわそわしだした。

　剣は、そんな様子を嬉しそうに眺めつつ、食器棚やラックのほうへと歩いていく。

「むぎちゃん、菜の花、茹《ゆ》でちゃってくれるか？」

「は、はい！」

　紡は、落ちた包丁《ほうちょう》を拾って包丁《ほうちょう》ラックに戻そうとした。そのとき、拾った包丁《ほうちょう》の刃先を見て、ふと思った。あのとき、この包丁《ほうちょう》は刃を下にして落ちた。あのままいけば、剣に必ず突き刺さっていただろう。だが、この包丁《ほうちょう》は誰も傷つけることなく床に落ちた。まるで、剣たちをひとりでに避けたかのように。

紡は少しの間首を傾《かし》げていたが、お湯が沸騰《ふっとう》する音に呼ばれ、再びコンロに向かった。

❖

「さて、今日はこれを使う」

どんな注文にも応え、様々な料理を提供してきた剣は、和食を最も得意としている。そんな剣がこれから作ろうとしているのは、日本の伝統的な行事である雛祭《ひなまつ》りのための料理——ちらし寿司。

剣は、いったいどんな道具と知識を披露《ひろう》してくれるのか。そしてどんな素晴らしい料理にしてくれるのか。そう期待した一同に向けて剣が取り出したもの、それは——牛乳パックだった。

「え、なんだよこれ？」

「牛乳パックだよ。この前たくさん買ってきてもらったやつだよ」

「いや、そりゃわかるけどよ……」

拍子抜けしたように伊三次が言う。牛乳パックはきれいに洗って、輪切りにされていた。底と天井のない立方体の形をしている。それが、今この場にいる人数分、揃えられている。

「これをどうするんだ？」

「すぐにわかるよ。そうだな、二人一組になったらやりやすいかな」

剣がそう言うと、悠はぱっと剣にしがみつく。そしてケンカ続きだったはずの双子《ふたご》もまた、当然のように組んでいる。となると、残りは伊三次と紡ということになる。

「悪いな、俺で。ちょっと我慢してくれや」

妙に艶っぽい笑みで、伊三次が紡にそう言った。紡は伊三次とは初対面な上、まだまだあまり話せていない。ぎこちない笑みとお辞儀を返すのが精一杯というところだ。

「いえ……よ、よろしくお願いシマス」

おそるおそる、ぺこりと頭を下げる紡を見て、伊三次は苦笑いした。

「そんな顔しなくても、とって食いやしねぇよ。まぁ、なんだ……俺は料理はからっきしだから、よろしく頼む。料理上手なんだって？」

「そ、そんなことは……！」

「謙遜《けんそん》しなくてもいいだろう。剣が言ってたぞ」

「け、剣さんが⁉」

「おう、あとでそのへん教えてやるよ。色々とな」

その言葉で、紡の表情がぱっと綻《ほころ》んだ。

それぞれ手元に牛乳パックを置いたところを確認し、剣が呼びかける。

「よし、じゃあ皆、皿の上に牛乳パックを置いてくれ。それで横っ腹を押して、こう……菱《ひし》形《がた》になるようにしてくれ」

「菱形《ひしがた》？……あ！」

「ああ、なるほどな」

悠以外の全員が、剣の意図を汲み取ったようだった。

皆のその顔を見て、剣は満足そうに笑みを浮かべ、テーブルの上の寿司桶《すしおけ》と、そしてすでに調理済みだった焼鮭《やきじゃけ》のほぐし身、先ほど紡が茹《ゆ》でた菜の花の茎部分を手元に引き寄せた。

「最初は俺のをよく見ておいてくれ。って言っても難しくはないんだけどな」

そう言うと、剣は寿司桶《すしおけ》に沈んでいたしゃもじを握り、小盛程度の量を掬《すく》い、菱形《ひしがた》の中に敷《し》き詰《つ》めた。しゃもじを使って均等に、平坦になるように押さえると、次は鮭のほぐし身を大きめのスプーンで掬《すく》い、先ほどのすし飯の上に薄く敷《し》き詰《つ》める。その上からもう一度すし飯を盛り、その次は、菜の花の茎をスプーンで敷《し》き詰《つ》める。

そして最後に、もう一度すし飯を敷《し》き詰《つ》める。

さっきまでぽっかりと空いていた空洞《くうどう》に、今はたっぷりのすし飯と具材が敷《し》き詰《つ》められ、いつの間にか型の上端ギリギリまで積み重なっていた。

そして、剣は牛乳パックにそっとハサミを入れた。上から下に慎重にまっすぐ切り進むと、今度は切った両端を持って、ゆっくりと開いていく。まるでケーキのフィルムをはがすようにゆっくりと。

開いてみると、白・朱・若葉の三色の層に彩《いろど》られた菱形《ひしがた》の寿司が現れた。

「『菱餅《ひしもち》』に見立てた押し寿司ですね」

「ご名答。だけど今回はちらし寿司でもあるんだ」

「今見た感じはどう見ても菱餅型《ひしもちがた》の押し寿司だぞ？」

銀や伊三次の言葉に剣は不敵な笑みを向け、冷蔵庫を開ける。そして、中からたくさんの皿やバットを取り出した。錦糸卵、サーモン、さくらでんぶ、いくら……そしてそこに、先ほど紡が茹《ゆ》でた菜の花の茎とそのつぼみが並ぶ。

「この菱餅型《ひしもちがた》押し寿司の上に、皆好きな具材をトッピングしてくれ。できれば春らしい感じで」

「それって、つまり……」

剣の意図するところがわかり、思わず顔を綻《ほころ》ばせる紡に、剣はニッコリ笑った。

剣は、紡に向けて頷《うなず》いてから、皆を見渡して言う。

「そう。菱餅型《ひしもちがた》ちらし寿司ケーキだ。楽しく作ろう！」

❖

白にピンクに赤に黄色、時々緑や橙《だいだい》……真っ白な菱形《ひしがた》のキャンバスが、六人それぞれの手で、鮮やかに彩《いろど》られていく。普段は剣一人で立つこの台所に、今は六人がひしめきあって、わいわいと賑やかな声が飛び交っていた。

「おっと、崩れた……意外と難しいな」

さくらでんぶの上にいくらを盛ろうとした伊三次がそう零《こぼ》す。欲張ってたくさん盛ったためにバランスを崩したのだが、まだ盛ろうとしている。

「ふふん、銀よ。不器用なお主《ぬし》には難しかろう。ここは大人しく、錦糸卵の上にさくらでんぶでハートでも描いておくがいい」

「銅……それならおまえの分に『?』でも書いてやる」

「やめぬか！　崩れるであろうが！」

双子《ふたご》はケンカしながらもそれぞれ着々と仕上げていった。何をトッピングすればいいか途方にくれながらも色々と載せていく銀に対し、銅のほうはいくらの艶を利用し、まるで桜の花弁の上に宝石が散らしてあるかのような艶やかな盛り付けをしてみせている。

「お、むぎちゃんも可愛いな。さすがだなぁ」

「そ、そんな……」

紡の寿司は、さくらでんぶによるピンク色の下地に錦糸卵が散らされ、その四方に菜の花のつぼみがちょこんと置かれて、緑のアクセントが彩《いろど》られていた。そして中央には、サーモンが三枚、まるで開きかけたつぼみのように重なり合っている。大きな花と小さな花が、春を心待ちにして開こうとしているかのようだ。

「おお、確かに可愛らしい」

「やるではないか、娘」

「むぎちゃん、ケーキ作りも得意だって言ってたもんな」

いつの間にか全員が紡の周りに集まっている。

伊三次、銅、剣から口々に語られる賞賛《しょうさん》の言葉に、紡は顔を真っ赤に染めて俯《うつむ》いてしまった。伊三次と銅はおおよそこうなることがわかって褒《ほ》めちぎっていたのだが、剣だけは純粋な本心で言っていた。だからだろうか、俯《うつむ》く紡に「そうだ」と声をかける。

「なぁむぎちゃん、悠のことも見てやってくれないか？」

「は、悠ちゃんのも……ですか？」

剣が視線を動かすと、つられて紡も同じ方向を見る。

視線の先には、台に乗って、テーブルに置かれた菱餅型《ひしもちがた》ケーキの前で固まっている悠の姿がある。何やら難しい顔をしている。時々首を傾《かし》げ、机の上にあちこち置かれた具材を見ては、また目の前の菱餅型《ひしもちがた》ケーキに視線を戻す……それを繰り返していた。

「こういうのは初めてだから、どこから手を付けたらいいかわからないみたいでな。俺もこういうトッピングっていうのはどうもよくわからなくて……」

「は、はい……私でよければ！」

「よかった。おーい悠、むぎちゃんが手伝ってくれるってさ。一緒に作ってもらおう」

「！」

剣が呼びかけると同時に、悠はぴくんと跳ねるようにこちらを向いた。先ほどまで眉間《みけん》に寄っていたしわは消えてなくなり、頬《ほほ》が一気に紅潮する。

紡は、真っ白なキャンバスを前にして尋《たず》ねた。

「それじゃあ悠ちゃん、どんなケーキにしたい？」

「うーん……」

喜び勇んでいた悠だが、いざ聞かれると困ったように首を傾《かし》げてしまった。

「じゃあ今まで食べた中で、どんなケーキが一番好き？」

「？」

紡の問いに、悠はさらにきょとんとする。

紡としては、てっきり『イチゴのケーキ』とか『チョコレート』などオーソドックスなケーキを挙げると思っていたのだが、悠は紡の質問がいまいちピンときていないようだった。

「えっと……ケーキだよ、ケーキ。ショートケーキとか、チョコレートケーキとか」

「しょーと？」

目をぱちくりし合う悠と紡を見て、剣が駆け寄る。

「あ～その……この子、あんまりケーキとか食べてなくてな。だからむぎちゃんの作ったやつが可愛くて、ウキウキしてたんだよ」

「そ、そうなんですか？　珍しいですね」

「ああ、まぁな……」

剣は口ごもってしまった。いつ聞かれてもおかしくないことだったのに、答えを用意できていなかった。

紡は考え込んでしまっている。紡が、剣の態度を、さらには悠のことを不可解に思っていたら、どうしようかと剣は案じた。そのとき、紡がぱっと閃《ひらめ》いたように、悠に問う。

「じゃあ……悠ちゃんは何色にしたい？」

「なにいろ？」

「うん、まずは何色のケーキがいいか考えよう。そしたら、お花をのせたり、ハートを作ったり、色々考えよう。悠ちゃんが描きたいもの、欲しいもの、なんでも描いていいんだよ」

「ほしいもの……なんでも？」

「うん、なんでも」

紡の言葉を反芻《はんすう》してしばらく考え込んだあと、悠はこれしかないとばかりに力いっぱい叫んだ。

「う〜ん……しろ！」

「し、白？　白でいいの？」

悠は大きく頷《うなず》く。だがしかし、土台はすし飯であり、既に全面真っ白だ。

「悠ちゃんが言うなら、そうしようか。じゃあ何か飾りつける？　お花とか、ハートとか、宝石みたいな」

「はっぱ！」

「は、葉っぱ？　じ、じゃあ……緑？」

そう言い、紡は先ほど自分が茹《ゆ》でた菜の花の皿を手繰《たぐ》り寄《よ》せた。すると悠は、スプーンでざくざく菜の花のつぼみをすくいあげ、真っ白なケーキの上に大胆に散らしていく。

イメージが決まったのか、悠はまっすぐケーキだけを見ていた。もはや紡も剣も見えていない様子だ。

「すごい集中力……」

「ははは、ごめんな。せっかく頼んだのに」

剣は苦笑いをしながら、悠を見る。

「楽しいんなら、それが一番ですよ」

紡の言葉に、剣がハッとして振り返る。

「そう……か。そうだな、うん」

剣は一人頷《うなず》いていた。悠の体調のため、落ち込ませないためと、色々なことを我慢させていたことを急に思い返していた。

（そうだ。まず悠が楽しいのが一番じゃないか）

考え込む剣を、紡は不思議そうに覗《のぞ》き込《こ》んでいる。だが次の瞬間に聞こえた叫び声が、二人を再び悠のほうに振り向かせた。

「できた！」

どちらに言ったのかはわからない。二人ともに言ったのだろうか。

悠は目をキラキラ輝かせて、自慢げな笑みを浮かべている。見てくれと言わんばかりの、ご満悦《まんえつ》の顔だ。剣と紡は、二人して覗《のぞ》き込《こ》む。

「おお」

「わぁ、可愛い！」

剣と紡が感嘆の声を上げる。真っ白なケーキの上には、一面の緑。菜の花のつぼみが四枚の葉を形作り、その下には茎部分で作った細い茎が伸びている。この形は……

「四つ葉のクローバーだね」

「ああ、そうか……」

紡の言葉に、剣は納得する。

真っ白な土台は、シロツメクサの花のように、四つ葉のクローバーを優しく囲んでいる。真っ白な菱形《ひしがた》の真ん中に大きな大きな四つ葉のクローバー。形は少し歪《いびつ》だが、はっきりとそれとわかる。

想像以上にきれいな仕上がりである上、でんと大きく描かれた様がなんとも可愛らしい。

「よく描けてるなぁ」

そう声をかけたのは、伊三次だった。悠は伊三次のほうを振り返り、得意満面の様子で笑っている。

「これは……可愛いですね」

「うむ。童《わらべ》よ、なかなか見どころがあるではないか」

銀と銅もひょっこり覗きにきた。

普段、折り紙やらなんやら、色々と器用に作る銅に褒《ほ》められて、悠は今度は少し照れ臭そうにしている。

「しかし、何故《なぜ》四つ葉のクローバーなのじゃ？　他に花など描いてもよかったであろうに」

「……」

銅がそう尋《たず》ねると、悠は少し考えて、いきなり台を下りて走り去ってしまった。

「え、どこ行ったんだ？」

「たぶん居間じゃないかな」

「居間？」

慌てる伊三次に対し、悠の行動に心当たりがある剣は、狼狽《うろた》えてはいなかった。剣の読みは当たっており、悠はすぐにまた戻ってきた。

再び現れたときには、その腕に絵本を抱えていた。大した大きさではないが、まだ小さな悠が持つと大荷物だ。抱えて走るのも一苦労のようだが、悠は両手に抱えたその絵本を、その場の全員に掲《かか》げて見せる。

「これ！」

「なんの絵本？」

紡が悠に尋《たず》ねる。表紙には、ウサギとカラスのイラストが描かれている。その二匹が、野原の真ん中で向かい合って佇《たたず》んでいる。何やら仲が良さそうだ。

「この前読んでやった絵本だ。すごく気に入っててな」

「へぇどんな話だ？」

剣の補足に、伊三次たちはさらに興味津々《きょうみしんしん》だ。四人とも表紙をしげしげと見つめている。

「ウサギとカラスが四つ葉のクローバーを探しに出かけるって話だよ。最後はまぁ……友だちになる」

「へえ……オーソドックスだな」

「だけど、これを読んで以降、悠は四つ葉のクローバーを見つけたくてたまらないみたいでな。毎日庭を走り回ってるよ」

剣は苦笑いした。四つ葉のクローバーは珍しいから、そう簡単には見つかるはずがなかった。だが一生懸命《けんめい》探す悠にそんなことを言えるはずがない。

目の前のクローバーは、やっと見つけた悠だけの四つ葉のクローバーというわけだ。

その四つ葉が描かれた菱餅型《ひしもちがた》ケーキを、悠は剣に差し出した。

「はい」

「？　俺に？」

戸惑《とまど》う剣に、悠はぐいぐい押しつける。受け取らないと納得しないようだ。

「な、なんで？　四つ葉のクローバー、欲しかったんだろ？」

「これ、しあわせになれるって、言ってた」

その言葉に驚《おどろ》いたのは、剣だけではなかった。震《ふる》える声で剣は言う。

「悠……俺にくれるために、ずっと探してたのか？」

悠は照れくさそうに小さく頷《うなず》いた。剣には、その様子がよく見えていなかった。俯《うつむ》いてしまって、悠の顔を見ることができなくなっていたのだ。

真正面から顔を見たいが、今は、できそうにない。その代わり、剣は悠の頭をくしゃくしゃと、思い切り何度も何度も撫《な》で回《まわ》し、最後にぎゅっと抱き寄せた。

「ありがとうな」

「うん！」

悠は嬉しそうにまた頷《うなず》いた。

「一つ、お願いがある。このケーキ、皆で分けてもいいか？　俺だけじゃなく、皆……伊三次も、銀も銅も、むぎちゃんも、皆が幸せになれるように」

「うん、みんないっしょ！」

伊三次たちも紡も、自然と頷《うなず》いて笑い合っていた。剣はぐっと目尻《めじり》を拭《ぬぐ》って、顔を上げた。

「よし、じゃあ皆で食べよう！　改めて、菱餅型《ひしもちがた》ちらし寿司ケーキだ！」

❖

「いただきます」

全員の声が、居間に響《ひび》く。

食卓兼こたつテーブルは四人掛けと少し手狭なので、手頃なサイドテーブルを引っ張り出し、六人全員が並んだ。無論、こたつに入れなかったのは管狐《くだぎつね》の双子《ふたご》だ。

食卓とテーブルの上には、実に色とりどりの菱形《ひしがた》が並んだ。

色だけではなく、ケーキの上に描かれている模様は全員の個性が表れている。宝石のようであり、花のようであり、グラデーションであり、水晶の原石のようであり、大きな四つ葉のクローバーであり……

「結局、剣さんのが一番きれいですね」

剣の飾り付けたケーキを覗《のぞ》き込《こ》み、紡がぼそっと呟《つぶや》いた。

「いや、そんなことはないだろう」

剣は困ったように笑う。

剣のケーキには、錦糸卵とさくらでんぶ、そして菜の花で彩《いろど》られた、古風で見事な格子柄《こうしがら》が描かれていた。格子《こうし》の中にいくらなどで小さな飾りを置き、単調な中に華やかさが生まれている。着物の柄《がら》でよく描かれる『業平格子《なりひらごうし》』をイメージしたものだ。

紡はケーキの花を褒《ほ》められて少し調子に乗りかけていたところを、これを見て、すぐに鼻をへし折られたようだ。

「娘よ、そう落ち込むでない」

そう紡に声をかけたのは、自作の菱餅型《ひしもちがた》ケーキをもぐもぐ頬張《ほおば》る銅だ。

「剣殿は『プロフェッショナル』じゃ。しかも三代にわたる料理人の知識と技量をその身に蓄積し――」

と、銅がそこまで話すと、大きな音にその先を遮《さえぎ》られる。

横に座っていた伊三次が拳骨《げんこつ》を落とし、銅の口を無理矢理に塞《ふさ》いだからだ。

伊三次は、慌てた様子で紡に無理矢理笑って見せた。

「い、いやぁ気にしなさんな。俺からしたらむぎちゃんのもプロに迫った出来だったと思うぞ。お世辞じゃなく」

伊三次が言う。

「そうです。なんなら、私のものをご覧なさい。ほら、このように不器用で……不出来で……」

銀は、自分で話しながらどんどん元気をなくしていった。

「喋《しゃべ》りながら落ち込むな！」

「申し訳ございません、主様《ぬしさま》……私如きの拙《つたな》い……ぐちゃぐちゃのケーキをお目にかけてしまい……」

「ああ、もう！　銅、おまえのせいだぞ！　ほら、そんなに自分の見たくないなら交換してやるから！」

伊三次は自棄気味《やけぎみ》に銀の皿と自分の皿を交換してやったが、しばらく銀は元どおりにはならなかった。

そして、伊三次は紡のほうを向く。

「あ～まぁアレだ。そうは言ってもやっぱり、一番は悠だな」

「そ、そうですね」

伊三次の言葉に紡が頷《うなず》く。

「だってさ。よかったな、悠」

「？」

「だって悠ちゃんのは、剣さんへの愛でい－っぱいだもんね」

「あい？」

伊三次と紡にそう言われ、悠は首を傾《かし》げる。すると、剣がぴたりと動きを止めた。

「はい。お父さんへの愛です。誰にも真似できません」

「そんな……悠が大好きって言う人は他にもいるよ。伊三次に銀、銅……商店街の人も、美味《おい》しいものをくれる人なら皆大好きらしいぞ」

「でも剣さんが一番ですよね？」

紡はこともなげに、そう問う。

「いや、俺なんか……毎日料理を作ってるだけだよ」

「それが重要なんじゃないですか」

紡は、きっぱりと言い放った。

「悠ちゃんが美味《おい》しいものを食べさせてくれる人が大好きなのは、剣さんが大好きだからじゃないですか？　美味《おい》しい料理を作ってくれる剣さんを大好きになったから、他の人のことも大好きになったんですよ、きっと」

剣は言葉が見つからなかった。そんな風に考えたことなど、今まで一度もなかった。

「俺には料理しかないんだ。これまでも、これからも。だから……」

「自分にできる最大限のことで幸せにしようとしてるのって、すごいです！　悠ちゃんが幸せの四つ葉のクローバーを剣さんにくれたのは、剣さんがいつも悠ちゃんに幸せをくれるからだと、私は思います。それって……素敵なお父さん、ですよね」

紡の力強い言葉に、皆静まりかえった。その場の誰もがぼんやりと思い描いていたことを、はっきりと言葉にしてくれたのだ。

剣が、心の奥底にずっと抱いていた疑念に対する、答えを示してくれたように思えた。

「そうか……幸せ……『お父さん』か」

剣は、そう何度も何度も小さく繰り返し呟《つぶや》いている。

「あの……剣さん？」

急に黙《だま》り込《こ》んで下を向いてしまった剣を、紡は心配して覗《のぞ》き込《こ》む。すると……

「むぎちゃん」

紡が呼ばれたほうを振り返ると、伊三次が神妙《しんみょう》に頷《うなず》いている。そしておもむろにぐっと親指を立てて言った。

「グッジョブ！　な、悠？」

「うん、ぐじょぶ！」

悠は、まったく意味がわかっていないようだったが、とりあえず親指を立てて返事をしていた。

❖

シュッシュッという短く鋭い音が、機械的に響《ひび》く。室内は夕陽で真っ赤に染まっている。たくさんの調理器具と大きな冷蔵庫、広いテーブルが置かれた台所の中央に、剣が一人立っていた。手には包丁《ほうちょう》があり、懸命《けんめい》に刃を砥石《といし》の上で滑《すべ》らせる。

砥石《といし》と包丁《ほうちょう》の摩擦音の合間に、居間のほうから笑い声が聞こえてくる。

紡は伊三次が送っていき、居間では双子《ふたご》たちが悠の面倒を見ている。先ほどまで折り紙をしていたようだが、今は悠のお気に入りの絵本の読み聞かせに移ったようだ。

ウサギとカラスが、幸せの四つ葉のクローバーを探すあの物語だ。

数度、刃を滑《すべ》らせると、剣は手にした包丁《ほうちょう》をかざして見た。曇《くも》りなく、鏡のように剣の顔を映している。その刃は大分とすり減っている。

これは、今、この台所に置かれている中で最も古いものだ。剣と、その主《あるじ》と、主《あるじ》の父、祖父の代から使われてきた。つまり包丁《ほうちょう》の付喪神《つくもがみ》たる剣の、元の体ということになる。

剣は付喪神《つくもがみ》という呼び名ではあるが、実際のところ特別なことは何もできない。

他のあやかしたちや、元天狗《もとてんぐ》である伊三次、その配下の管狐《くだぎつね》たちのように術や神通力《じんつうりき》を操れるわけではない。剣にできることは、自分自身であるこの包丁《ほうちょう》をほんの少し操ることと、持ち主たちの思いを受け継ぐことだけだ。

先ほど、紡が数ある包丁《ほうちょう》の中で自分を選び取ったとき、剣は止めようかどうしようか迷った。それは菜切包丁《なきりぼうちょう》ではない、古くて切れ味が落ちているからと、適当な理由をつけて他のものを選ぶよう言うこともできたのだが……今となっては、止めなくてよかったと思う。

あのとき紡が手にしたものが自分だったからこそ、悠も剣も無傷でいられたのだ。

悠を、いや誰一人として、絶対に傷つけまいとあのとき剣は強く強く思った。その思いによって、避けさせることができた。それを思うと、今更ながら、手が震《ふる》える。

今までの主《あるじ》たちの料理を、技を、剣はその身で感じてきた。その技を余すことなく客をもてなすために使い続けた料理人たちの心意気も。

それは人を傷つけるために行使されたことなど、ただの一度もない。

付喪神《つくもがみ》の中には、心を得て変化したあと、持ち主たちに悪さをする者も少なくはないようだ。だが剣は、そんなことをしようとは微塵《みじん》も思わなかった。彼らから伝えられたものを、彼らと同じように人をもてなすことのみに使いたい。そう強く思った。

だから、剣は包丁《ほうちょう》という本体を残して、人の形で顕現《けんげん》したのだ。こうすれば、より主《あるじ》たちの役に立てると思ったからだ。

結局、主《あるじ》の娘は剣のことを受け継がなかったが、それはそれでよかったと今では思っている。主《あるじ》の娘と剣、二人が主《あるじ》たちの技を継ぐことができたのだから。

最後の主《あるじ》が息を引き取った際、剣は決意したのだ。料理人として、色々な人に料理を届けようと。包丁《ほうちょう》は、すなわち自分は、料理を作るためにあるのだから。

主《あるじ》から受けた大恩と深い愛を、今度は自分が誰かに渡していけたら……剣はそう思ったのだ。

この包丁《ほうちょう》が錆《さ》びて、鈍《なま》って、役目を果たせなくなれば、それは今料理を作っている剣もまた、終わりを迎えることになる。どうせ長く使っていて、大分と刃がすり減っている古い包丁《ほうちょう》だ。そうときを置かず朽《く》ち果《は》て、主《あるじ》のもとへ行くことになるだろう。

それまでの恩返し……そう思っていた。だが今は、少し違っていた。

「まだ、終われない」

自分は、幸せにしたい者を見つけてしまった。果たして自分にそれがかなうのか、今でも不安は残る。

だが、剣はもうたくさん与えていた。剣の料理によって、『美味《おい》しい』という幸せを。

「俺は、俺にできることで、悠を幸せにする」

自分でも、深く考えるより先に自然に言葉が零《こぼ》れ出《で》る。

だが口にしてしまえば、それは決意へと変わった。

今はもうこの世にいない、遠くへ行ってしまった、大切な人へ向けた決意に。

「すみません、俺は……まだやることがあります。いや、できたみたいです。あなたからもらった幸せを、伝える相手を見つけました。だから……」

かざした包丁《ほうちょう》が、傾いた日の光を跳ね返して剣の瞼《まぶた》を照らす。その光を、剣は瞬きせずに見据えた。

主《あるじ》が微笑みながら返事をしたときのような、そして悠が嬉しそうに全身で頷《うなず》いたときのような、そんな眩しい温もりを感じていた。

「まだ、そちらには行けそうにありません」

曇《くも》りのない刃に映った剣の顔は、笑顔だった。

番外編　温かい雪

雪の日は、出会いと別れの日だ。剣が主《あるじ》のもとに顕現《けんげん》したのも、雪の日だった。

剣には主《あるじ》である彼女を励ましたいという思いが募《つの》っていた。

一人娘が結婚して家を離れ、夫も亡くなり、一人ぼっちになってしまうと、彼女はぼんやりしていることが多くなった。

その日も夜空をはらはらと舞う粉雪を、縁側で静かに眺めていた。

大切なものがぽっかりと抜け落ちた様子の彼女を、なんとか力づけることはできないものか。物言えぬ体ながら、剣はそう思っていた。

たとえこの身が、言葉を持たない、ただ料理を作るしかできない包丁《ほうちょう》だとしても。

そう強く思っていたあるとき、気付けば剣は包丁《ほうちょう》ではなくなっていた。

いつの間にか二本の足で床を踏みしめ、二本の腕を広げる、人間の男性の体になっていたのだ。ただし、服は一切身に着けていない。そんな自分を見て、主《あるじ》が放った言葉といえば……

「あららら」

それだけ。

目をまん丸に見開いて、上から下へ、右から左へ、前から後ろへ、じっくりと剣を観察したあと、何やら感慨深そうに息を吐き、そしてニッコリ笑った。

「どちら様？」

じっくり見回してからそれを言うのか、と剣は呆れたが、自分が不審者であることは間違いない。コホンと咳払いをしてから、膝をつく。

「こんななりですが、決して怪しい者ではありません。ただちょっと……普通の人間とは違うと言いますか……」

「ええ、なんとなくわかりますよ。なので、どちら様なのか教えていただけません？」

彼女は、自分と目線を合わせるようにしゃがみ込んで、そう告げる。その視線は柔《やわ》らかで、穏やかで、温かかい。春の日だまりのようだった。

いきなり現れた自分を訝《いぶか》る様子はなく、ただ話をしようとしてくれている。

「俺は、あなたがお父様やお祖父様《じいさま》から受け継いだ包丁《ほうちょう》から生まれた、付喪神《つくもがみ》です」

「付喪神《つくもがみ》？　でも……」

彼女の視線が、包丁《ほうちょう》ラックに眠るもとの剣の体に移った。

「その……どうしてこの体なのか、まだ俺もよくわからないんですが、気付いたらこうなっていまして……」

「そう。じゃあ名前を決めましょうか」

「は？」

戸惑《とまど》う自分に構わず、彼女はうーんと唸《うな》りだした。どうやら本当に、名前を考えているらしい。

「うーん、包丁《ほうちょう》……刃物……刀も刃物ね……じゃあ……」

「あの、包丁《ほうちょう》と刀は違いますが……」

「じゃあ……『剣』！『剣さん』でどう？」

どう、と言われても困る。答えに窮《きゅう》する剣の様子を『問題なし』と受け取ったのか、彼女は満面の笑みで頷《うなず》いた。

「じゃあ、剣さんで決定ね」

「え、いや……」

「私ね、あの有名な渋《しぶ》い俳優さんが大好きなの。だから身近な誰かを『けんさん』て読んでみたかったんだけど、残念ながらそう呼べる人がいなくてね」

「はぁ」

「だから呼ばせてくれると嬉しいわ。ね、剣さん？」

そう、心から嬉しそうに言われてしまうと、反論などできるはずがない。

がっくりと項垂《うなだ》れながら、剣は呟《つぶや》いた。

「はい。『剣』と呼んでください……」

「よかった！ ありがとう、剣さん。それじゃ、これ着てちょっと待っててね」

そう言うと、彼女は自分が着ていた半纏《はんてん》を剣に着せて、うきうきと部屋を出ていこうとした。

「あの、どこへ？」

尋《たず》ねると、彼女はクスクス笑った。

「あなた、裸じゃない。男性用の服を探してくるわ。亡くなった夫のもので悪いけど、どこかにしまってたはずだから」

成人した娘がいる年齢だが、まるで少女のようにご機嫌な様子で、彼女は行ってしまった。

それを止める理由は剣にはなかった。彼女がかけてくれた半纏《はんてん》以外何も身につけていない状態だった剣は、半纏《はんてん》の裾《すそ》をきゅっと掴《つか》む。

「これが人の体か……」

なってみると、意外と不便なものだと思いながら、剣はぶるっと身を震《ふる》わせたのだった。

❖

彼女は、あまりにもあっけらかんとしていた。

女一人で暮らす家に、いきなり裸の男が現れたのだから、驚《おどろ》くなり警戒するなり通報するなり、もっと他の反応があっただろうと剣は思う。そう指摘すると、彼女は笑って言った。

「娘の旦那さんもそういう……あやかしって言うの？　人間じゃないのよ。だから慣れちゃって」

剣はそのことを知っている。そのあやかしである婿《むこ》が、剣の体である包丁《ほうちょう》を料理のために使ったこともある。

「あのですね……あやかしだっていいものばかりじゃないんですから。人間に悪さをするものだっているんですよ」

「それは知ってるわ。でも剣さんは違うでしょう？」

「それは、まぁ……」

笑顔で問われると、そう答えるほかない。ズルい笑みだと、剣は思った。

彼女のことは生まれてから今まで、ずっと見守ってきた。穏やかで、少ししたたかで、でも温かくて、そして……ちょっと常識とズレている。

それを理解していたつもりなのだが、こうして会話をしてみると、やはり困惑する。

（本来、困惑するのは彼女のほうだろうに……）

今も、おろおろする剣を置いて服を揃えたり、こたつを勧《すす》めたり、あれこれ質問したり……まるで怯《ひる》んだ様子がない。

「いやだ、これでも驚《おどろ》いてるのよ。だから状況を整えようとしてるんじゃないの」

「整えようと……そうですか」

「そうだ。剣さんが本当にあの包丁《ほうちょう》の付喪神《つくもがみ》なのか知りたいわ」

「どうやってですか？」

「そうねぇ……」

暢気《のんき》にお茶をすすりながら主《あるじ》は考え込む。本当に驚《おどろ》いているんだろうか。

「じゃあ剣さんから見た父や祖父の話を聞かせてちょうだい。それなら証明になるでしょう？」

「あの……この状況、楽しんでるでしょう？」

「あら、バレた？」

うふふと笑う様を見ていると、なんだか全身の力が抜けてしまう。

彼女の言うとおり、剣には彼女を傷つけるつもりなど毛頭ない。ため息ばかり吐いていた彼女を少しでも元気づけたかった。ただそれだけだ。

ならば、この状況を楽しんでいる彼女が望む話をすることは、何も悪いことではない。

（いいじゃないか。楽しい顔をしてくれるなら、それで）

彼女は笑っている。コロコロと鈴《すず》を転がすように、明るく優しく軽やかに。

笑い声とともに、別の音が聞こえる。

「あら、恥ずかしい」

彼女は少しだけ頬《ほほ》を赤くしてお腹を押さえた。夕飯は済ませたあとだったが、押し入れをひっくり返したり、あれこれ話をしていたから、小腹が空《す》いてしまったようだ。

剣は、クスッと笑うと同時に、いいことを思いついた。

「何か、作りましょうか。ちょっとした夜食になりそうなものを」

「え？　でも、来たばかりの人にそんな……」

「包丁《ほうちょう》の付喪神《つくもがみ》か知りたいなら、料理が一番の『証明』になると思うんですが」

そう言って剣がニヤリと笑うと、その意図を汲み取ったのか、彼女はぱっと顔を綻《ほころ》ばせた。

「そうね。じゃあ証明してもらいましょうか。ついでにお夜食もいただくわ」

「はい。証明のついでに、ね」

剣と彼女は、二人揃ってクスクス笑い合いながら、台所へと向かう。

❖

冷蔵庫を開けると、剣は思わず感嘆の息を漏《も》らす。今まで道具として料理に関わってきたが、自分自身で冷蔵庫を開けるのは初めてだったのだ。

「こんな風に食材が詰まってるんですか……」

「そうよ。あんまりじっと見ないで。大したものは入ってないから」

「いやいや、そんなことは……これ、使ってもいいですか?」

「ええ。なんでも使っていいわよ。それを使うということは、もしかして……?」

剣が手にした食材で、主《あるじ》は何か思い当たることがあったらしい。それはおそらく、剣が今思い描いている料理と同じだ。

「じゃあ、遠慮《えんりょ》なく」

そう言って、剣は食材をテーブルに置いた。

取り出した食材は、鶏挽肉《とりひきにく》、長ネギ、ショウガ、それに大根。大根は、葉に近い部分だ。

「他に必要なものはある?」

「じゃあ……昆布《こんぶ》をください」

「はーい」

楽しそうに、彼女は棚から昆布《こんぶ》を取り出して渡した。剣はそれを、たっぷりの水を入れた鍋《なべ》に放り込み、火にかける。次はテーブルに向かい、まな板と、もう一つ、おろし金を取り出す。そして大根を皮ごとおろしていった。

シャクシャクと、リズムよく上下させると、音に合わせて白い雪のような塊《かたまり》が器に溜まっていく。大根おろしの出来上がりだ。

「一旦おろし金を洗って、次はショウガをおろす、と……」

「あ、じゃあ私がやるわ」

そう言って、彼女はさらりとおろし金を攫《さら》っていった。

「いや、俺が……」

「あら、お手伝いもさせてくれないの？」

いたずらっぽく拗《す》ねたように彼女は言った。剣はまたしても逆らえない。

「じゃあ、お願いします……」

「はぁい」

主《あるじ》がうきうきとおろし金を洗い始めた横で、剣はまな板を取り出し、ネギを置いた。そして包丁《ほうちょう》ラックに向かい、その中に収められた最も古い包丁《ほうちょう》を手にする。

三代の料理人達が受け継ぎ、使い続けてきた包丁《ほうちょう》を。

(自分自身を使うっていうのは、おかしな気分だな)

そうは思うが、他の包丁《ほうちょう》を使うほうがなんだか違和感《いわかん》を覚える。これが一番、手に馴染《なじ》むのだ。

「よし」

そう呟《つぶや》いて、長ネギを刻んでいく。縦に筋を入れて横に細かく切り、みじん切りにする。

トントントンとテンポよく切る音と、シャクシャクシャクとショウガをすりおろす音が合わさって、ツンとした香りがしてきた。

「ショウガ、これくらいでいい？」

「ありがとうございます。じゃあ次は……」

キョロキョロしながらボウルを取り出し、そこに鶏挽肉《とりひきにく》とすりおろしたショウガ、少しの塩を入れる。それを、むんずと掴《つか》んで一気に混ぜ合わせる。

(うん、感覚がわかる。この形になっていく感じ、喜び……！)

ボウルの中身が混ざり合って淡いピンク色の塊《かたまり》ができると、今度はそこへみじん切りの長ネギと片栗粉を入れる。

混ざり合っていく様子を、主《あるじ》はわくわくした様子で覗《のぞ》き込《こ》んでいる。

「これ、つくねにするんでしょう？　私がやるわ」

「いや、さすがにそこまでやらせてしまうのは……」

「いいじゃない。やりたいのよ」

そう言って、彼女は強引にボウルを奪《うば》ってしまう。

主《あるじ》のために料理を作っているのを、彼女は忘れているんじゃないだろうか。

剣は首を傾《かし》げつつ、いい香りがしている鍋《なべ》に向かい、昆布《こんぶ》を取り出す。出汁《だし》が出来上がった。調味料を取り出していると、彼女がつくねの載った皿をひょいと差し出してくる。『早く』とせがんでいるような顔をしている。

「ありがとうございます」

剣はそれを受け取り、鍋《なべ》に放り込んでいった。

出汁《だし》の香りが剣と彼女とつくねを包み、ぐつぐつという音とともに期待値を上げていく。

つくねの色が淡いピンク色から白へと変わると、大根おろしを流し入れる。最後に塩と醤《しょう》油《ゆ》を少し入れ、出汁《だし》がほんのり塩辛くなると、剣は振り返った。

鍋《なべ》を覗《のぞ》き込《こ》んでいた彼女と、視線を交わしてニヤリと笑う。

「できましたよ。つくねのみぞれ汁です」

❖

お椀《わん》から昇る湯気《ゆげ》に顔をうずめて、剣と彼女はずずずっと汁をすすった。

「あぁ……温まるわぁ」

「ええ。先代も、寒い日はよくこれを作っていましたね」

「覚えているのね」

剣は、静かに頷《うなず》いた。

「俺はあなたのお父様とお祖父様《じいさま》の技術や心意気、料理人としてのすべてを受け継いでいますから。もちろん、あなたのものも」

「そうだと思ったわ。だって、ちょうどこれが食べたいって思っていたもの」

(それとは少し違うが……今は、美味《おい》しそうにしているから、それでいいか)

ニコニコしながら箸《はし》でつくねを口に運ぶ彼女を見て、剣はそう思った。剣もまた、箸《はし》を手に取り、つくねをそっと割っていく。

「ふんわりした食感、ショウガの香り、染《し》み込《こ》んだお出汁《だし》がじんわり口の中で溢れてくる……うん、父の味だわ」

「あなたも、お店で同じものを出しているじゃないですか」

「人に作ってもらうものはまた違うのよ。子どもの頃、よく作ってほしいってお願いしていたことを思い出すわ」

「……そうでしたね」

「ええ。今日みたいに冷え込む日はいつも言っていたわ」

窓の外を見ると、雪がはらはら舞っている。先ほどより強くなっているようだ。

「これは積もるわね」

そう言うと、彼女は大根おろしも一緒にぱくりと口に入れた。

「不思議ね。祖父が亡くなったのも、父が亡くなったのも、こんな雪の日だった。あの子がお嫁にいった日も」

「ええ」

「雪の日は、別れの日なのかと思っていたわ。何かを失う日なのかと……」

彼女の声が、ほんの少し震《ふる》えた。泣いているのかと思った。だが、剣のほうを振り返った彼女は、晴れ晴れとした顔をしていた。

「でも違う思い出もできたわ」

「違う思い出、ですか？」

彼女は頷《うなず》き、手にしたお椀《わん》を示した。

「素敵な出会いの思い出よ。雪の日は、悲しいだけの日じゃなくなったわ。あなたのおかげね」

そう言って、彼女は柔《やわ》らかく微笑んだ。

剣の胸の奥が、じんわり温かくなる。それがみぞれ汁のおかげだけではないことは、なんとなくわかった。

彼女と一緒に美味《おい》しいものを食べるたび、彼女の娘や孫に会うたび、友人ができるたび、彼女とともに店に立つたび、お客さんに喜んでもらえるたび……いつも、剣の胸はぽかぽか温かかった。

しかし、雪の日に彼女を見送った剣の心は痛いほどに寒かった。

思い出は、いつも胸の内にある。まるで雪がはらはら舞い落ちて、溶けることなく降《ふ》り積《つ》もるように。

どれほど辛くとも、剣は彼女との思い出を忘れることはできなかった。彼女がくれた大切なものだから。

そうして、剣は決意した。彼女の想いを大切にしていこうと。そのために、たくさんの客を料理で笑顔にすることにした。彼女が自分に言ってくれたように、雪の日を悲しいだけの日にしない。雪の日だけじゃない。晴れの日も雨の日も風の日も、笑顔にしてみせる。そう、決意したのだ。

そして、彼女を見送ったときとよく似た雪の日、剣は、再び出会いの思い出を作ることとなるのだった。

●参考文献

《書籍》

藤井恵 監修『親子クッキング―ママといっしょに作ろう！』（主婦の友社）

島谷宗宏 著『日本料理 飾り切り教本：魚介類・肉・野菜・加工品 すぐに役立つ切り方100通り飾り切り教本』（誠文堂新光社）

川上文代 著『イチバン親切な和食の教科書』（新星出版社）

矢崎謙三 著『調味料とたれ＆ソース568』（主婦の友社）

田口成子 著『世界一わかりやすい！ 料理の基本―材料別に切り方や下ごしらえ、最もおいしく食べられるレシピを紹介！』（主婦の友社）

『だしの研究：だしの仕組みを理解して、自在に使いこなすための、調理とサイエンス』（柴田書店）

関斉寛 著『プロが教える和食の基本 素材の旨味を引き出せば究極に美味しくなる』（KADOKAWA）

《ホームページ》

「伊藤忠製糖株式会社　クルルのおいしいレシピ　ひなあられラスク」（https://www.itochu-sugar.com/cooking/3368/）

朝比奈希夜

訳あって
あやかしの子育て
始めます

Illustration：鈴倉温

愛い子どもたち＆イケメン和装男子との
っこりドタバタ住み込み生活♪

士が倒産し、寮を追い出された美空はとうとう貯蓄も底をつき、空
）あまり公園で行き倒れてしまう。そこを助けてくれたのは、どこか
と離れした着物姿の美丈夫・羅刹と四人の幼い子供たち。彼らに
れて、ひょんなことから住み込みの家政婦生活が始まる。やん
な子供たちとのドタバタな毎日に悪戦苦闘しつつも、次第に彼ら
生活が心地よくなっていく美空。けれど実は彼らは人間ではなく、
かしで…!?

訳あって
あやかしの子育て
始めます

親も家も失ったドン底の私に救われたのは
可愛い子どもたち＆イケメン和装男子♪
ほっこりドタバタ
住み込み生活♪

ただし、この子供たちはイケメン和装男子（実は、あやかしだったようです…）

726円（10％税込み）　ISBN 978-4-434-31498-8

呪われた運命を断ち切ったのは優しく哀しい鬼でした

戦乱の世。領主の娘として生まれた睡蓮は、戦で瀕死の重傷を負った兄を助けるため、白蛇の嫁になると誓う。おかげで兄の命は助かったものの、睡蓮は異形の姿となってしまった。そんな睡蓮を家族は疎み、迫害する。唯一、睡蓮を変わらず可愛がっている兄は、彼女を心配して狼の妖を護りにつけてくれた。狼とひっそりと暮らす睡蓮だが、日照りが続いたある日、生贄に選ばれてしまう。兄と狼に説得されて逃げ出すが、次々と危険な目に遭い、その度に悲しい目をした狼鬼が現れ、彼女を助けてくれて……

Illustration：白谷

定価：726円（10%税込み）　ISBN 978-4-434-31740-8

この作品に対する皆様のご意見・ご感想をお待ちしております。

おハガキ・お手紙は以下の宛先にお送りください。

【宛先】

〒150-6008 東京都渋谷区恵比寿4-20-3 恵比寿ｶﾞｰﾃﾞﾝﾌﾟﾚｲｽﾀﾜｰ 8F
（株）アルファポリス　書籍感想係

メールフォームでのご意見・ご感想は右のＱＲコードから、
あるいは以下のワードで検索をかけてください。

アルファポリス　書籍の感想　検索

ご感想はこちらから

アルファポリス文庫

付喪神《つくもがみ》、子《こ》どもを拾《ひろ》う。

真鳥カノ（まとりかの）

2023年 3月31日初版発行

編集－和多萌子・宮坂剛
編集長－太田鉄平
発行者－梶本雄介
発行所－株式会社アルファポリス
〒150-6008東京都渋谷区恵比寿4-20-3恵比寿ｶﾞｰﾃﾞﾝﾌﾟﾚｲｽﾀﾜｰ8F
TEL 03-6277-1601（営業） 03-6277-1602（編集）
URL https://www.alphapolis.co.jp/
発売元－株式会社星雲社（共同出版社・流通責任出版社）
〒112-0005東京都文京区水道1-3-30
TEL 03-3868-3275
装丁イラスト－新井テル子
装丁デザイン－AFTERGLOW
印刷－中央精版印刷株式会社

価格はカバーに表示されてあります。

落丁乱丁の場合はアルファポリスまでご連絡ください。

送料は小社負担でお取り替えします。


ISBN978-4-434-31342-4 C0193